W0290077

CONTES DEPUIS LA NUIT

Alain VIQUET

Contes depuis la nuit

Vérone éditions

Envois de manuscrits :
Vérone éditions – 75 boulevard Haussmann – 75008 Paris

Peur : prise de conscience d'une menace, d'un danger. Peur de ce qui échappe à la modeste compréhension de nos sens et entendements. Douze histoires échappant à toute raison, où la peur, puérile, cruelle, animale, insidieuse et abjecte saura tout autant se cacher dans le détail trivial d'un quotidien que vous ne remarquez plus, comme se draper de secrets enfouis depuis des générations pour engager l'humanité. La peur rôde et dans la nuit prédatrice, les imprudents disparaissent ou cèdent à l'étreinte d'une folie salvatrice.

Sommaire

Ascaro

Quand je réfléchis, les premiers signes d'altération du comportement de Laurent H sont survenus à l'issue des grandes vacances de l'année 20xx.

Laurent était un professeur de lettres spécialisé en philologie et paléographie, que son métier passionnait. Il mettait à contribution ses périodes de congés non pour se reposer mais pour s'adonner à des recherches dont j'avais depuis longtemps perdu le fil. Son agrégation en lettres classiques s'était suivie d'un travail de thèse à la faculté d'Evernon sur la symbolique religieuse et païenne dans les textes profanes du Moyen-Âge. Outre sa connaissance des textes classiques, il était excellent linguiste et féru des langues anciennes tout en étant parfaitement bilingue en anglais, allemand et italien, dont il maîtrisait jusqu'aux dialectes et certains sous-dialectes.

Sa thèse passée, les recherches qu'il continuait et dans lesquelles il s'enfermait renforçaient l'aspect abrupt du personnage auprès de ses collègues et faisaient figure d'une austère marotte. Quant à moi je voyais en cette dernière de l'originalité et l'expression détournée d'une créativité qu'une éducation conservatrice avait sans nul doute inassouvie. Au-delà de l'aspect théorique de ses recherches pour lesquelles j'avais su comprendre et dégager le plus haut intérêt, j'avais pris malgré moi le personnage en une relative affection, transfert affectif probable d'un père symbolique pour un fils que je n'avais jamais eu.

Je le revois au portail de mon établissement, comme il avait l'habitude de griller une cigarette les yeux perdus dans le vague. La sonnerie signifiant la rentrée des classes retentissait et sa silhouette maigre et longiligne gagnait la salle où il avait cours. Il paraissait sérieux et terriblement « scolaire », d'aucuns auraient dit « coincé » même si je déteste ce vocable. Il avait peu coutume de se mêler à ses condisciples préférant la solitude et la torpeur de ses réflexions. Ceux qui parvenaient à passer outre son caractère renfermé l'estimaient fantasque, d'aucuns diraient instable et il attirait à vrai dire peu la sympathie.

Les conditions tragiques de sa disparition me laissent à penser que sous l'apparence de la folie qui paraissait dans les derniers jours de son existence, se cachaient peut-être les oripeaux de quelque chose de tangible et de plus profond que notre modeste entendement le pouvait percevoir. Qui pour le croire ? Qui me croirait moi-même en ce que je pense être révélé ? Comme cette réflexion et l'inimaginable m'assaillent je suis pris de sueurs froides.

Toutes portes fermées chez moi à double tour, je me suis caché dans le bureau pour essayer de calmer le tumulte de mon esprit et le battement furieux de mon cœur. J'ai pris ce cahier et rempli ces pages à la hâte tout comme Laurent noircissait ses cahiers de lignes. Je tente par-là de retrouver le fil des évènements et reprendre chaque détail. Qui sait, si l'agencement des éléments de ce puzzle, pris différemment et avec méthode, ne trouvera pas un sens nouveau et convenable au bon sens et à la raison. J'espère, je prie qu'il en soit ainsi. Or comme l'obscurité règne dehors et que j'écris ces lignes que la raison me dicte, je m'arrête un instant et guette dans le silence.

*

* *

Je retrace la chronologie des évènements, non telle qu'elle m'a été transcrite par Laurent H, mais telle que je la comprends et j'estime a posteriori qu'elle s'est déroulée. Y sont entremêlés des bribes du journal qu'il tenait, des extraits d'e-mails qu'il m'avait adressés et la retranscription d'enregistrements sonores auxquels il s'était livré. Le journal tient une place prépondérante dans ce qui va suivre pour la bonne raison que c'est l'essentiel tangible dont je dispose. Tenir un journal peut surprendre de nos jours, le fait est que Laurent H, en « vieux garçon d'arrière-garde » qu'il était, s'y adonnait régulièrement comme à une hygiène intellectuelle qui lui était nécessaire pour structurer et synthétiser le fil de ses travaux.

J'ai déjà dessiné dans quel état d'esprit se trouvait Laurent dans le cadre de ses études. Un point de départ probable du funeste chemin que je vais retracer est sa visite aux bouquinistes à Paris un été de 20xx. La saison avait été splendide et il faisait chaud dans les rues de la capitale. Les rames des métros déversaient leur trop-plein de touristes qui se pressaient pour visiter les grands monuments entre les étapes dans les magasins et brasseries de renom. À la clarté du ciel azuréen et aux activités frivoles, Laurent avait préféré la pénombre des marchands de livres où il se faufilait pour fureter, et plus particulièrement la librairie Orphée spécialisée dans les vieux ouvrages et un certain ésotérisme. J'ignore s'il en avait ouvert la porte à dessein ou comment il était parvenu dans cette dernière, encore éprouvé-je une certaine perplexité à ce qu'on puisse arriver en de tels lieux par hasard. Je n'y ai moi-même jamais mis les pieds, et n'y souhaiterais nul commerce. Voilà en quelques traits l'endroit tel que l'on me l'a décrit.

L'établissement est perdu au fond d'une sinistre impasse. L'entrée que jouxtent les poubelles de l'immeuble avoisinant, s'enfonce dans le sous-sol. Pour qui veut bien descendre et pousser vigoureusement une porte de guingois qui racle sur le sol, l'on se retrouve dans la pénombre de l'entrelacs de pièces encombrées de tréteaux, de chevalets et de tables eux-mêmes recouverts de l'amoncellement d'ouvrages et de liasses de documents. Les volumes originaux y côtoient les fac-similés, tous unis en une patine crasseuse que le temps semble avoir figée.

J'ignore encore comment et à quel dessein Laurent avait pu finir en ces lieux. Je l'imagine passer un index inquisiteur sur les étagères poussiéreuses. Il m'expliqua avoir ramené de cette visite une liasse de papiers jaunâtres et piqués d'humidité liés par une ficelle, le recueil manuscrit des réflexions d'un vieux prêtre de Lombardie du XIXe siècle. Quelques signes et gribouillages au hasard d'une page avaient éveillé sa curiosité lorsqu'il pensa y reconnaître à plusieurs reprises la mention d'un obscur manuscrit du Moyen-Âge qu'il avait lui-même parcouru naguère sans en percer tous les secrets. Intrigué, il avait passé un long instant dans la pénombre de l'arrière-boutique, détaillant le document et en parcourant les lignes et s'interrogeant sur son authenticité. Il avait parcouru du doigt le papier, en scrutant la texture, allant même jusqu'à ausculter la ficelle qui ceignait le tout. Ses yeux reprenant le fil des caractères tracés page après page, son intérêt prudent s'était mué en excitation à la perspective de ce qu'il découvrait et des passerelles que cela pouvait ouvrir sur d'autres de ses études.

Il acheta le document et le rapporta soigneusement chez lui pour s'adonner à son étude.

Journal de Laurent H, le 6 juillet 20xx

Le recueil de notes dont je me suis porté acquéreur hier est extrêmement intéressant tout en me plongeant dans des abîmes de perplexité. S'agit-il d'un canular ou l'ensemble est-il authentique ?

Parlons du médium d'écriture pour commencer. La trame est du papier de correspondance remarquablement bien conservé en dépit de quelques déchirures et pliures ainsi que des marques d'humidité. Les pages, au nombre de vingt-huit, en sont numérotées. L'écriture est fine et déliée.

Il me faut ensuite détailler la structure du texte. Le tout commence par une préface de l'auteur où celui-ci se présente comme le père Delcampe, prêtre de la campagne Lombarde, et introduit ce qui va suivre. L'énoncé en est d'ailleurs tellement sibyllin que je soupçonne quelque deuxième niveau de lecture ou sens caché. Vient le texte proprement dit généralement écrit en italien, quelques paragraphes en latin ici et là, puis certaines particularités. La première particularité est à deux reprises (en page quatorze, en page vingt-huit), l'inclusion de textes codés. J'aurai l'occasion de revenir sur cet aspect dont je ne manquerai pas de parfaire l'étude dans les jours qui viennent. Tout au plus me contenterai-je de préciser à ce stade que les mots sont largement occultés par des séries de chiffres dont chacun j'imagine figure pour une lettre, alors que certaines lettres ont été conservées de-ci de-là. Sans-doute faut-il se contenter de remplacer les chiffres et compléter les mots en se basant sur les lettres déjà visibles. J'avoue que ces passages m'intriguent : au-delà du sens, à quel dessein l'auteur a-t-il pu souhaiter masquer son texte au lecteur (ou à certains lecteurs) ?

La deuxième particularité vient en page vingt-six, où l'auteur s'est appliqué à dessiner une série de signes. Y sont représentés une femme et un homme naïvement représentés les mains jointes à moins qu'ils ne s'échangent un objet. Au centre de la page est un bâtiment orné d'une croix et que je tiens pour une église ou quelque édifice religieux.Plus en bas figure un animal se tenant à quatre pattes. Celui-ci montre de gros yeux qui semblent scruter le lecteur. Le tracé de la page est malhabile et semble avoir été fait à la hâte. L'apparence et la texture de la page comme la couleur et l'épaisseur du trait paraissent sensiblement différents du reste du document, ce qui laisse à penser que ce passage a été réalisé en autre temps ou glissé a posteriori.

Passé toutes ces caractéristiques, certes intéressantes mais insuffisantes seules à motiver mon acquisition, je n'ai toujours pas justifié ce qui m'avait frappé de prime abord lorsque mon regard s'était posé sur ce document dans la boutique des bouquinistes. La mention d'Ascaro dans la préface par l'auteur avait capté mon attention. Cette mention renvoie au manuscrit du monastère du même nom, manuscrit certes largement inconnu et hermétique au profane, mais curiosité marquée du sceau de l'étrange parmi certains milieux universitaires. J'avais eu l'occasion d'y être moi-même confronté lors de recherches annexes à mon travail de thèse à la faculté d'Evernon.

Journal de Laurent H, le 7 juillet 20xx

Le Moyen-Âge nous a transmis une pléthore d'écrits et de manuscrits. Le manuscrit d'Ascaro est l'un de cette période, et d'aucuns pourront aller le consulter dans les archives du musée du Louvres. Il tient son nom de sa provenance estimée : le monastère d'Ascaro dans le Piémont, un petit village perdu au pied des Alpes et désormais abandonné. J'en imagine les ruines à ciel ouvert couvertes de lierre et la proie des mauvaises herbes. On ne trouvera que trois ou quatre mentions du lieu dans toute la littérature connue, ce qui peut surprendre de même que l'endroit ne paraisse pas dans les registres paroissiaux que l'on a pu retrouver de l'époque. Le lieu semble avoir été précipitamment abandonné au milieu du XIIIe siècle pour rester inhabité jusqu'à ce jour et a proprement sombré dans l'oubli. Le site ne semble également revêtir aucun attrait particulier et reste à ma connaissance vierge de fouilles archéologiques. Revenant au manuscrit : celui-ci a été daté au carbone 14 de ce même XIIIe siècle où le village a été abandonné. L'auteur du texte nous est inconnu.

Que nous dit cet écrit ? Pour ainsi dire rien d'intelligible. Le fil se perd en circonvolutions et aucune phrase ne semble la suite logique de celle qui l'a précédée. La première phrase présage le récit des derniers instants d'un riche marchand établi dans le village.

« *Describitur per haec de ultimis temporibus…* »

Celui-ci semble succomber des suites d'une douloureuse agonie : « *et mortuus est in tumultum fortis* » résultant probablement d'on ne sait quelle maladie. Détail surprenant, l'auteur s'attarde volontairement sur ce passage à trépas et sur la mort qui enveloppe le malade, le vouant aux affres d'un long délire peuplé de « créatures étranges » : « *fallaciae novis creaturae* ».

L'écrit tient sur une page austère (pas d'enluminure ni de lettre peinte ou historiée) et ne présente à première vue que peu d'intérêt. Qui était ce marchand ? Pourquoi a-t-on voulu retranscrire ses derniers instants ? On ne précise pas l'origine de sa maladie : s'agit-il de quelque maladie honteuse, ou le savait-on vraiment ? Est-ce la personne ou le cas clinique de son agonie que l'on a voulu passer à la postérité par ces lignes ? La lecture du texte me sembla si étrange la première fois et le propos si original que je soupçonnai même quelque symbolisme ou sens ésotérique caché. Je n'avais pas de temps à consacrer à une étude approfondie. Le manuscrit reste parmi ses congénères poussiéreux, enfermé dans le noir d'une cave, attendant de sombrer irrémédiablement dans l'oubli – à moins qu'un œil avisé n'en perce un jour les secrets et ne le fasse passer à la postérité.

Journal de Laurent H, le 15 juillet 20xx

Étude approfondie du manuscrit du père Delcampe.

J'ai regardé hier les festivités du 14 juillet à la télévision. Tout cela me semble terriblement vide et de peu de sens. À côté de ce concret saumâtre et vulgaire, comme je préfère la compagnie des livres anciens et de leurs mystères. Les lire aujourd'hui, c'est boire à la source ancestrale d'une vérité accumulée sur les siècles de barbarie et d'humanité. Je me suis plongé ces derniers jours dans l'étude de ce recueil de notes dont je me suis récemment porté acquéreur à Paris. Singulier et original personnage que l'auteur, ce père Delcampe ! Qu'apprends-je donc de ma lecture ?

Sur le personnage tout d'abord. À compter de l'année 1848, le curé exerce son ministère en la petite ville d'Hermione, où il « veille au salut des brebis égarées » (dixit l'auteur). Le manuscrit n'est par ailleurs pas daté même si je suppose (sans élément tangible pour le confirmer à ce stade) que Delcampe était déjà d'un âge avancé lorsqu'il a rédigé le texte. L'écriture quoique sinueuse, est peu inclinée et régulière, ce qui laisse penser que l'auteur n'a pas écrit dans la précipitation mais mûrement réfléchi et pesé son propos.

J'ai déjà relaté les grandes lignes du manuscrit médiéval d'Ascaro. La prose de Delcampe est bien en rapport avec ce manuscrit vieux de huit cents ans, et dont le curé semble vouloir expliciter le sens. Il étaie son propos par l'analyse détaillée du texte, en s'attardant fortement sur la sémantique. Plus surprenant, l'auteur alimente avec le récit de ses excursions au site d'Ascaro. Vérification faite et même si l'endroit ne figure plus sur aucune carte de notre époque, j'ai pu estimer qu'il avait dû être distant d'une vingtaine de kilomètres tout au plus du presbytère. La description qu'il fait des ruines du site est détaillée et saisissante de réalisme. Quelle excitation de voir ce lieu, simple nom d'un autre temps perdu dans les études théoriques et universitaires, se voir ainsi ancrer dans notre réalité. Peut-être Delcampe éprouvait-il quelque inspiration à se rendre là-bas. J'espère cependant qu'il y a plus dans la substantifique moelle de ce document que la simple émanation d'un romantisme gothique refoulé.

J'ai déjà mentionné certaines singularités de l'écrit de Delcampe en particulier relativement aux deux passages chiffrés. La justification de tels passages se trouve mentionnée en page treize :

« Quant à certains passages qui vont suivre, ils choquent tant la raison que je ne peux permettre de les soumettre au regard innocent du premier lecteur venu. Dois-je me taire donc ? Non, car ce que je révèle est de tant d'importance que je ne peux emporter ce secret dans ma tombe. Aussi le partagé-je avec toi, lecteur qui osera chercher et dépasser les frontières de la raison ».

Je ne sais quoi trop penser de cette mise en garde, car j'estime que c'est bien d'une mise en garde qu'il s'agit. J'ai commencé d'essayer à percer le code de ces passages pour le moins mystérieux. J'imagine (hypothèse simple pour démarrer) que chaque chiffre correspond à une lettre qu'il faut retrouver et que les espaces figurent les espaces entre les mots distincts. L'exercice est peu aisé car l'auteur a fait figurer peu de lettres pour aiguiller la recherche, et j'ignore même dans quelle langue les lignes sont écrites (italien, latin, autre chose ?).

J'ai envoyé un message à mes collègues de l'Université de Turin pour qu'ils essaient de me trouver plus d'informations sur le personnage. Cela sera intéressant pour compléter l'image que je peux me faire de l'auteur, et jettera peut-être un éclairage complémentaire sur ces lignes.

Journal de Laurent H, le 21 juillet 20xx
Étude approfondie du manuscrit du père Delcampe

Je progresse dans l'étude des écrits du curé Delcampe, qui me permettront je l'espère de revisiter la lecture et compréhension quelque peu sommaire que je peux avoir du manuscrit d'Ascaro. J'en ai déjà lu à plusieurs reprises tout le texte intelligible, quant aux deux passages chiffrés des pages quatorze et vingt-huit, je m'y plongerai lorsque mon entendement l'y permettra.

Les hommes d'Église ont de tout temps fait office de savants et de lettrés, pour vouer leur intellect à des exercices sortant souvent du cadre strict de leur ministère. Sans doute est-ce le cas de Delcampe, dont l'intérêt pour les textes anciens semble dépasser les bornes du catéchisme qu'il devait inculquer à ses ouailles. Dépassait-il certaines limites de bienséance que lui fixait le culte ou sa hiérarchie ? Il semble ressasser dans son long feuillet un perpétuel non-dit qui me met mal à l'aise. La clef se trouvera sans doute (je l'espère) dans le déchiffrement des deux textes codés de l'opuscule.

J'estime qu'il sera opportun sans trop tarder de partager un état de mes découvertes à quelqu'un digne de confiance. Bien que je n'aie pas encore d'élément tangible dans mon étude il est toujours bon de profiter d'un regard critique. Je ne pense absolument pas pour cela à l'infâme sieur Gorgelin, mon maître de thèse de la faculté d'Evernon ni à quelconque de ses collègues abrutis et partisans qui seraient trop ravis de me voler de nouveau l'objet de mes recherches. Non, ce qu'il me faut c'est un point de vue tout à la fois objectif et bienveillant, qui m'aiguillonnera tout en me lâchant la bride. Je pense plutôt à Diac, le proviseur du lycée de Sevoyen où j'exerce mes cours. Je sens en lui une bonté et un certain sens de l'écoute. Je suis sûr qu'il serait intéressé que je lui partage le fruit de mes réflexions. Qui plus est, le fait qu'il ne soit pas du sérail le fera considérer tout cela avec un œil neuf et dénué de préjugé.

E-mail reçu de Laurent H, en date du 1er août 20xx

Monsieur Diac bonjour,

J'espère que vous vous portez bien et que vos vacances se passent à merveille. Je souhaiterais si cela vous est possible et quand votre temps pourrait le permettre, vous entretenir d'un petit travail de recherche auquel je m'adonne depuis quelques semaines. Je suis tombé par le plus grand des hasards sur l'opuscule d'un curé de campagne Italien de la fin du XIXe siècle. Celui-ci a pour ambition d'expliquer le contenu d'un manuscrit médiéval abscons et fort méconnu, que j'eus l'occasion de survoler lors d'études préliminaires à mon travail de thèse. Le sujet de ce manuscrit semble par ailleurs plutôt inintéressant et je n'y avais consacré que peu de mon temps. Or le propos de l'homme d'Église donne un éclairage intéressant et plutôt audacieux à ce texte ancien. Le tout semble rester pour l'instant encore assez hermétique, mais je ne désespère pas de parvenir à le déchiffrer (au sens propre) dans les jours à venir.

Si cela ne vous dérange pas et vous intéresse bien sûr, je serai heureux de pouvoir vous partager quelques trouvailles préliminaires. Je ne vous cache pas qu'un regard extérieur, objectif et « dépassionné » me serait de la plus grande aide dans ce travail.

Bien à vous.

Journal de Laurent H, le 4 août 20xx

Je suis venu à bout du premier du passage codé. Dieu que cela a été long et compliqué. Cela m'aura pris près d'un mois. Quelle fierté cependant était la mienne, en percevant que le voile tombait peu à peu et la lumière une fois révélée.

M'appuyant sur les quelques lettres disséminées dans le texte chiffré, j'ai tenté de combler au hasard et ici et là par quelques voyelles et en privilégiant le remplacement des chiffres dont l'occurrence me semblait la plus élevée. Après quelques tâtonnements, je suis parvenu à cibler quelques correspondances entre ces ensembles de caractères et des mots pour prendre mon parti que le passage soit en italien. Cela n'était toujours pas probant car des mots semblaient se dessiner, mais en un charabia incompréhensible. Après de nouveaux efforts et comme je m'apprêtai à passer l'éponge, découragé, tout s'éclaira lorsque je parvins à détacher à deux reprises la mention d'« Arsaco », que je supposais tenir pour Ascaro. Chaque mot faisait l'objet d'une permutation circulaire de ses consonnes. En retrouvant le bon ordre de consonnes pour chaque mot, le texte retrouvait enfin son sens (ou tant soit peu). Je le fais figurer ci-dessous :

« *De la même façon que l'on parle de premier et deuxième degrés dans le niveau de lecture d'un texte, faut-il imaginer un degré zéro pour le manuscrit d'Ascaro. L'objet même du texte : les derniers instants d'un notable d'Ascaro, prêtent peu à discussion. Ma théorie a été que le récit de la scène de ce manuscrit n'en est que la retranscription édulcorée et dont on aurait gommé tous les détails propres à choquer l'intellect. Aussi faut-il relire le texte et s'imaginer derrière chaque mot ce que le scripteur aurait pu vouloir dire sans jamais oser l'écrire. Deux points seraient particulièrement d'intérêt : le déroulement de l'agonie du marchand et le délire de celui-ci. Ma théorie, aussi folle qu'elle paraisse, est que les propos du moribond sur les créatures qui le hantaient n'étaient pas que le fruit d'un esprit malade, mais bien ancrés dans la réalité* ».

Je me suis précipité sur la dernière page pour la décoder dans la foulée. Las ! Même si le principe doit en être le même, la clef du code diffère et le résultat reste inintelligible. Je vais devoir de nouveau me creuser la tête pour déchiffrer la fin du texte. Je suis revenu plusieurs fois sur la lecture de ce premier passage révélé. J'éprouve la frustration de ne pas en saisir pleinement la signification, et le sentiment que l'auteur de ces lignes se joue de son lecteur. Je fais une pause car cet exercice de longue haleine a été exténuant et a mis mes nerfs à rude épreuve.

Journal de Laurent H, le 8 août 20xx — Relecture du manuscrit d'Ascaro

À la lumière de l'analyse de Delcampe, j'ai repris le fac-similé du manuscrit d'Ascaro et l'ai relu plusieurs fois, en guettant toute nouvelle interprétation. Je n'ai pas compris la signification du commentaire du père, je cite : « que les propos du moribond ne fussent pas le fruit d'un esprit malade, mais bien ancrés dans la réalité ». La reprise mot à mot du texte d'Ascarao, qui s'avère particulièrement sibyllin ne m'aide pas beaucoup. Je ne peux que me perdre en conjectures et hypothèses, que je vais commencer d'esquisser ci-dessous.

Une première possibilité est que le mourant ait été mordu par une bête sauvage et que sa plaie se soit infectée sans remède pour gagner le corps, plongeant le malade dans un délire hanté par la bête qui l'avait justement attaqué. L'idée me semble à la fois réaliste et peu plausible, tant je peine à imaginer l'affectation d'un moine copiste à la calligraphie d'un « fait divers » d'une telle banalité.

Une autre possibilité me vient à l'esprit et je n'ose à peine la formuler tant elle révolutionnerait notre compréhension du manuscrit. Celle-ci m'est venue en rapport à certaines questions que pose le texte et qui le revêtent de son caractère si particulier : tout d'abord et même si la présence d'un homme d'Église était d'usage pour assister aux derniers moments du moribond, pourquoi en vouloir retranscrire et garder trace du déroulement ? Je m'étonne également (peut-être est-ce un détail), qu'en aucune occasion le nom de la maladie qui frappait le malheureux ou quelque symptôme clinique ne soit détaillé. La seule indication qui revient est ce terme de « *dolor* », mais qui s'avère très vague et revêt de nombreux sens différents : tout aussi bien douleur physique, que tourment moral. Quelle était donc la cause de ce tourment ? Qui nous dit que l'origine en est naturelle, et qu'elle n'a pas été causée par ses semblables ? Faudrait-il lire, et je commence à extrapoler, qu'il s'agit de quelque agression ou de maltraitance ? Quel a pu être le rapport avec les hommes d'Église ?

Ont-ils été partie prenante, ou rapportent-ils la scène comme simples témoins ?

L'hypothèse que je veux émettre (et je ne sais pas si elle est la bonne), est que le tourment qui nous est décrit ne serait pas assisté par les participants, mais justement provoqué, accompagné et alimenté par ceux-ci. Qui sait si le récit ne serait pas à mots couverts celui d'un exorcisme, ou de la mise à la question d'un malheureux qui se sera par trop écarté des voies de la foi de l'époque ? Or si cela était le cas, pourquoi ne pas le faire figurer clairement ? Les récits par l'Inquisition de mises à la question abondent.

Je vais continuer mes investigations et tout cela pique ma curiosité.

Journal de Laurent H, le 16 août 20xx

J'ai reçu ce jour la réponse de mes collègues de l'Université de Turin, quant aux informations que je demandais sur le père Delcampe. En voici la retranscription :

Né en 1801 d'une famille modeste et dont on a perdu la trace, Delcampe entre en 1824 au séminaire où il apprend le latin, le grec et, ce qui est plus original, des notions d'hébreu et de vieux perse. Devenu diacre, ses connaissances et sa profondeur d'esprit le font rester un certain temps au séminaire comme l'auxiliaire d'un professeur.

Il est ordonné prêtre le 1er juillet 1844 avant d'être nommé à Berme pour une période de trois ans. Il est ensuite nommé curé d'Armione le 16 juin 1848, petite bourgade isolée située dans la campagne Milanaise. Là, il assure son ministère, mais des rumeurs commencent de circuler quant aux activités inattendues auxquelles il s'adonnerait. Delcampe semble compléter sa lecture des Évangiles par la consultation de certains textes apocryphes et de sulfureuse réputation. Un témoin de l'époque colporte l'avoir observé la nuit, se livrer à d'étranges expériences dans la pénombre de son sous-sol. La rumeur enfle tant qu'une enquête est ouverte à son sujet au sein de l'Église, mais celle-ci est classée sans suite et le détail semble en avoir été perdu ou n'est pas révélé au public.

Serait-ce la cause, ou la conséquence de cette enquête à laquelle sa hiérarchie l'aura livrée ? Sa santé mentale semble flancher. On le voit battre la campagne et psalmodiant de troubles paroles en latin. Il paraît gagner de louches fréquentations et s'adonner la nuit à dieu sait quel commerce inavouable. Comment expliquer autrement sa fin terrible et l'état dans lequel on le retrouve un matin, dans les bas-fonds de Milan ? Sa dépouille saignée à blanc de multiples plaies est découverte juchée sur un tas d'ordures dans une vieille impasse. L'histoire sordide ne s'arrête pas là. Lorsque le presbytère du curé Delcampe fut visité dans le cadre de l'enquête, une puanteur abominable régnait et l'on découvrit les cadavres de chats éventrés largement décomposés et pendus à des crochets aux murs de la cave. Dieu seul sait de quelles atroces études ils avaient fait l'objet. Les restes répandus au sol étaient la proie des mouches et des vers. Des feuillets épars et tachés de sang restaient là, couverts d'arabesques et ultimes vestiges des abîmes de la folie dans laquelle le curé avait sombré. L'enquête aura été tant éprouvante, que l'inspecteur en charge se mettra à l'arrêt et quittera ses fonctions pour se retirer à la campagne et devenir manœuvre dans une exploitation agricole.

Je tire tous les bouts de pelote à ma portée, comptant bien que l'un m'aide à dénouer le fil. De la même façon que j'ai voulu me renseigner sur la biographie du personnage, il m'a paru nécessaire de tenter de retracer l'historique du feuillet de Delcampe, à savoir sa provenance et par quel canal il a circulé. J'ai contacté l'officine de Paris où je me l'étais procuré. Ceux-ci m'ont rétorqué que le papier faisait partie d'un amas de documents exhumé lors d'un vide-greniers. Qui l'a eu en main, qui a posé dessus son regard ? Pourquoi a-t-il été écrit, et à qui le destinait-il ? Je ne sais. Delcampe a trouvé en moi son premier lecteur, ou plus probablement du moins le premier à s'intéresser à lui.

Journal de Laurent H, dates du xxxx au xxxx
(Ces pages ont été arrachées).

Journal de Laurent H, le 29 août 20xx

La compréhension du premier passage codé au contenu pour le moins exotique puis la réception des éléments que mes bons amis de Turin m'ont envoyés, m'ont assurément refroidi. Je ne m'inquiète pas tant que ce texte du père Delcampe soit un canular ou non – à vrai dire, mon opinion pencherait plutôt qu'il soit authentique. Au-delà de ses bizarreries, le soin méticuleux apporté à l'étude sémantique, presque mot à mot, du matériau de base sont tels qu'ils ne me laissent pas de doute quant au sérieux et à la bonne volonté de l'auteur. Je suis plus chagrin à l'idée de perdre mon temps sur le document d'un aliéné, car oui, je pense que le personnage était devenu fou à lier. En conséquence, je suis en train de m'égarer sur des chemins iconoclastes auxquels je suis peu habitué, et que j'estime détournés de ma vocation première. Je vais laisser tout cela de côté, je le reprendrai (ou probablement pas) plus tard et à tête reposée.

Journal de Laurent H, le 3 septembre 20xx

Rentrée des classes. Nous avons eu nos réunions préparatoires avec mise au point des agendas et revue des effectifs. Je me suis brièvement entretenu avec le superviseur, Monsieur Diac, pour lui signifier que je temporisais momentanément l'étude que je luis avais mentionnée dans mon e-mail du 1er août et que je ne manquerais pas de lui faire part de tout résultat tangible s'il en était. En salle des professeurs le caquetage incessant sur les bronzages et la température de l'eau des piscines me font lever les yeux au ciel. J'ai honte que nos enseignants semblent déconnectés de la mission de formation de notre jeunesse (est-il plus noble perspective ?) pour ne penser que vacances et frivolités.

Note personnelle d'A. Diac, le 7 septembre 20xx

Nous avons repris. J'ai entrevu H et me suis excusé de ne pas être revenu vers lui pour donner suite au message que j'ai reçu de lui pendant les vacances. Passé une escapade en Sologne pour retrouver notre belle-famille, les congés ont été bien occupés. Je serai fort curieux d'en savoir plus quant aux recherches auxquelles il dit s'adonner. Quelle fierté cela représenterait pour notre lycée, si ses investigations débouchaient sur quelque découverte d'intérêt. Quoi de mieux pour motiver voire faire naître des vocations auprès de nos étudiants ? Je suis également flatté qu'il m'accorde sa confiance pour me dévoiler ainsi l'état de sa réflexion. Il m'a néanmoins semblé fatigué et quelque peu « défraîchi ». Même s'il m'a assuré du contraire, j'espère qu'il ne se surmène pas en menant tout à la fois la préparation des cours et ses recherches personnelles.

Journal de Laurent H, le 29 septembre 20xx

Quoiqu'éprouvant un certain regret à l'avouer, l'animation des cours cette année me semble d'un ennui profond. J'ai l'impression de perdre mon temps, dès lors qu'il reste tant de choses à découvrir et révéler de notre passé. Je me sens armé et de plus d'utilité dans cette dernière tâche qu'à gaver des lycéens peu sérieux et n'appréciant pas les connaissances et méthodes que je pourrais leur inculquer. J'ai décidé de reprendre l'étude du parchemin d'Ascaro. Qui plus est, je projette de me rendre sur le site aux prochaines vacances de la Toussaint.

Journal de Laurent H, journées du 23 au 27 octobre 20xx – récit du premier voyage

J'ai pris le train pour Milan le 23 octobre 20xx. Cela peut surprendre, mais je ne supporte pas l'idée de l'avion. L'angoisse et la cohue de l'aéroport, la dépose des bagages, le passage de contrôles de sécurité devant des agents patibulaires pour finir confiné dans une boîte de métal propulsée dans les airs et qui ne me délivrera qu'à destination, très peu pour moi. En comparaison, le train est une ouverture à l'espace et exhale un doux parfum de vacances. Sitôt arrivé à bon port, je prendrai une voiture de location pour me rendre aux différents lieux d'intérêt que je compte visiter. Armione tout d'abord, où le père Delcampe exerçait son culte. Ascaro ensuite. La localisation exacte de ce dernier lieu ne coule d'ailleurs pas de source. J'ai passé quelques jours à contacter les communes de la région à ce sujet, et une fonctionnaire au ton aigre m'a retourné une situation approximative – latitude et longitude.

Je profiterai finalement de mon expédition pour rendre visite et passer le bonjour à quelques de mes amis à Turin, que je n'ai pas vus depuis longtemps – ceux-là mêmes qui m'avaient fait parvenir la biographie du curé.

J'ai mûrement réfléchi sur le bien-fondé de ce voyage ces dernières semaines. J'estime que me rendre en ces lieux est important pour parfaire l'éclairage et la compréhension que j'ai des textes : tant l'original d'Ascaro que le commentaire de Delcampe. Cela me permettra de décider si oui ou non je dois continuer plus avant cette étude. Le cas échéant, Dieu sait où cela me mènera. Quoi qu'il en soit je vais tirer profit de l'expédition pour alimenter mon matériel de travail et rompre le quotidien monotone de la région parisienne pour remettre à plat ma documentation et commencer d'en bâtir une synthèse intellectuellement satisfaisante.

J'ai donc profité des sept heures de trajet pour remettre de l'ordre dans mes notes. Entre deux instants plongés dans la liasse de mes documents et annotations, le parcours était plaisant et propice à la considération rêveuse des paysages. Aux alentours de midi je me suis sustenté d'un modeste sandwich à la voiture-bar. C'était peu ragoûtant mais je me suis rassasié car j'étais affamé. Passé ce moment de quiétude et le bruit lancinent du roulement sur les rails, j'ai été plongé à destination dans la cohue de la gare à Milan. J'ai dû patienter au comptoir de location de voitures. La file d'attente était longue de touristes en goguette ou profitant des vacances pour retrouver leur famille. J'ai été dévolu du modèle cubique d'une petite voiture italienne. J'ai la surprenante impression de me déplacer dans un cageot de pommes de terre, mais qu'importe tant que j'arrive à destination.

Je suis parti directement en direction d'Armione dans l'après-midi. L'endroit fait partie de ces petits villages typiques du Nord de l'Italie, aux ruelles efflanquées et aux bâtiments de couleurs vives jaunes et orangées. L'église au clocher effilé se repère de loin et domine une place coquette qu'agrémentent une fontaine à vasques et son saint Ambroise encadrés de bancs. Je garai la voiture et poussai la porte de l'édifice. L'intérieur était simple et la structure asymétrique souffrait de chapiteaux et colonnes disparates. Aux murs, quelques peintures accrochées et en mal de restauration, peinaient à révéler leurs motifs dans la pénombre. Il flottait une douce odeur d'encens mêlée aux encaustiques des chaises de prière. Je restai là un instant, comme en méditation. J'imaginai le père Delcampe officier en ce lieu, nimbé du ruissellement de couleurs des vitraux et les mains jointes sur l'hostie consacrée et portant cette dernière au ciel. Quelle autre facette du personnage s'était-elle révélée hors cette enceinte sacrée et dans les ténèbres du soir ?

Seize heures sonnaient au carillon du clocher lorsque je sortis. Je trouvai le presbytère attenant à l'église. L'entrée en était ceinte par deux pieds de laurier qui avaient monté et crû jusqu'à ce que leurs branches se joignent au-dessus de l'embrasure. La porte était couverte d'une peinture d'un bleu pastel qui s'écaillait. Sous l'auvent du perron pendait une cloche actionnée par une corde que menaçait la végétation. J'avais eu l'occasion de réfléchir tout au long du trajet quant à la contenance à adopter et au discours que je tiendrais. Je suis malgré tout piètre comédien, et je dois reconnaître que j'avais les jambes qui flageolaient lorsque je sonnai. J'avais en tout cas fait le choix de ne prévenir en aucune manière de ma visite vu l'objet de mon étude qui serait probablement jugé peu orthodoxe, et le caractère sulfureux du père Delcampe. Je préférais capter les réactions et réponses dans leur spontanéité plutôt que de me voir servir un discours préparé et lénifiant. Il se fit un moment, et je balayai derrière moi la place du regard pour patienter, ou comme si j'eusse voulu guetter s'il était quelque témoin d'une démarche dont j'aurais dû avoir honte. Un couple de petits vieux était venu s'échouer sur un des bancs rouillés près de la fontaine. L'homme se tenait assis, les bras repliés devant lui et ses mains calleuses jointes sur le pommeau de sa canne blanche. Son visage barré d'une épaisse mouture aux verres opaques était tourné dans ma direction, et quoique je ne doutasse que son regard fut obscurci à jamais, ses yeux morts posés sur moi me mirent mal à l'aise. À ses côtés, sa femme se tenait affublée d'un calot noir et la tête fripée comme une vieille éponge. Elle lui agrippait le bras de doigts jaunes et décharnés qui émergeaient des manches de mousseline telles les serres d'un oiseau rabougri. Le grincement de la porte derrière moi me fit me retourner.

— *Si Signore* ?

Était-ce le prêtre de l'endroit ou un diacre du personnel d'église ? Il se tenait dans l'embrasure de la porte, m'empêchant d'entrer et me considérant d'une mollesse bienveillante. Tout au plus pouvais-je deviner derrière lui les carrés en friches d'un potager, une brouette chargée de terreau et des légumes d'hiver, puis la façade lézardée du presbytère. Je me présentai comme médiéviste et expliquai que je commençais des travaux de recherches sur des manuscrits du XIIIe siècle de la région. Je précisai qu'il y avait un temps, le père Delcampe qui officiait en ces lieux avait apporté sa contribution, toute iconoclaste qu'elle pût être, dans l'étude de textes anciens. Aussi étais-je curieux de visiter l'endroit où il était dernièrement installé avant sa mort, et de quérir les mots et opinions de ceux qui lui avaient succédé près de cent cinquante ans plus tard. Je perçus à regret que le sujet ne semblait absolument pas du goût de mon interlocuteur.

— Delcampe ? C'était un fou.

Il me toisait, et un éclat fiévreux avait teinté son regard. Je tentais vainement de ranimer la conversation. J'argumentais passer quelques jours visiter les vestiges du Piémont historique, croisant et corroborant mes notes sur le terrain avec l'interprétation que je pouvais faire des écrits. Comme il me demandait où mes pas me conduisaient, je lui répondis que je me rendais à Ascaro avant que de revenir à Turin. À cette mention, il leva les yeux au ciel.

— Ascaro ? Le site n'existe plus. Chimère !

Le rouge lui montait aux joues et il fulminait. J'insistai, précisant que mon travail consistait précisément à exhumer ces vestiges du passé et appréciant le temps qu'il m'accordait à répondre à mes questions. Devant ses abnégations, je lui demandai s'il était quelque autorité avec laquelle je pouvais m'entretenir ou correspondre pour progresser dans mes recherches.

— *Arrivederci signore*, au revoir, Monsieur.

Il me ferma la porte au nez et je n'eus pas le cœur d'insister, ma décence et mon éducation me freinant à froisser un représentant du culte – probable superstition inconsciente et refoulée, bien que je ne sois moi-même pas croyant. Je réalisai alors comme nous avions monté le ton et troublé la quiétude de la place, que seuls animaient d'ordinaire le clapotis de la fontaine et les rares voitures de passage. J'ai senti le regard désapprobateur des deux petits vieux sur le banc se poser sur moi, et plus encore celui des prunelles délavées de l'homme qui avait dû percevoir le moindre de mes propos. J'ai déguerpi pour retrouver mon véhicule et prendre le large en quête d'un hôtel dans les environs, quelque peu déçu du démarrage laborieux de mon enquête.

*
* *

Je me suis levé aux aurores et me suis régalé d'un succulent petit-déjeuner (cornettos fourrés aux amandes et à la marmelade, chiffonnades de jambon, le tout arrosé d'un café fort à réveiller un mort). J'ai très bien dormi et mon bref abattement d'hier soir est de l'histoire ancienne. Je suis excité comme le serait un gamin de sortie à la perspective de découvrir le site d'Ascaro.

J'ai tourné en rond près de deux heures sur les petites routes de campagne. Les coordonnées que m'avait données l'administration italienne ne donnaient rien. Je me crispai en commençant de redouter un malentendu avec le fonctionnaire qui m'avait renseigné, et que le site recherché était peut-être en tout autre endroit. J'optai finalement de garer ma voiture sur le bas-côté, et d'accoster un fermier sourcilleux et méfiant qui me donna la direction. Plus aucune route ne mène à Ascaro, et j'ai dû marcher deux nouvelles heures à travers champs, m'enfonçant à chaque foulée dans les terres détrempées. La boue et l'humidité s'infiltraient dans mes chaussures, imbibant les chaussettes et j'eus bientôt l'impression de mouvoir deux blocs d'une glaise tiède en lieu et place de mes pieds. J'ai cru abandonner, lorsqu'enfin je perçus les murs et les travées délabrées perdus au milieu de taillis qui jouxtaient des terres abandonnées. Une fois passé le rideau de végétation, l'aspect en est saisissant : les pierres des vestiges restent d'un blanc sale tacheté de mousse et lichens noirâtres. La progression parmi les ruines reste difficile et il faut se frayer un passage douloureux au travers des ronces et des broussailles qui envahissent le site. L'endroit a bien entendu subi les ravages du temps. Il ne reste de certaines bâtisses que des murets dont les éboulis montent à peine jusqu'aux genoux, tandis que le bâtiment le mieux conservé que j'ai trouvé, le plus important également, voit un pan de ses murs monter jusqu'à près de trois mètres.

Je suis resté un long moment parmi les décombres, prenant des notes et quelques croquis pour dresser une sommaire cartographie du lieu. Voilà en quelques mots un résumé de la topographie de l'endroit : je ne crois pas me tromper en affirmant que le tout serait circonscrit dans un carré de cent mètres de côté. On devine tout d'abord une allée ou ce qui avait été un vaste espace libre (une place peut-être). Le bâtiment principal que j'ai déjà mentionné donne sur cet espace. J'ignore qu'elle en avait pu être la superficie et l'état actuel des vestiges ne permet pas de le deviner. J'imaginai d'abord le siège quelconque d'une autorité profane, mais la découverte de tronçons de colonnades parmi les buissons me fit reconsidérer et estimer qu'il s'agissait là d'une nef et donc probablement d'une église ou de la chapelle du monastère d'Ascaro dont on peut trouver la très rare mention dans certains écrits du XIIIe siècle. J'essayai de me repérer plus avant, mais seul un travail de fouilles permettrait de délimiter le transept et le cœur au milieu des débris masqués par la végétation. On trouve tout autour d'autres restes plus modestes et de tailles et formes diverses.

Je me demandai quel avait pu être l'état d'esprit du père Delcampe lorsqu'il s'était retrouvé en ces lieux, car je ne doutai pas que cela fût le cas. J'imaginais son excitation à la perspective de la découverte et d'une compréhension élaborée sur le terrain, pour percer le mystère d'un manuscrit parvenu depuis les siècles jusqu'à nous. Je scrutai naïvement quelque signe parmi les décombres qui eut pu m'éclairer ou me guider sur les pas de mon prédécesseur. Tout à ces réflexions, un sentiment de malaise m'étreignit lorsque je réalisai soudain à quel point l'après-midi était avancée. Le branchage dru filtrait les rayons d'un soleil froid d'automne, plongeant l'endroit dans la pénombre et j'imaginais que le plafond de végétation devait dès le printemps totalement masquer les vestiges des alentours pour les livrer à une quasi-obscurité. La perspective du trajet du retour et des kilomètres à parcourir dans la boue à travers champs ne m'enchantait guère. Après un dernier coup d'œil pour le site, je pris donc le chemin en sens inverse. Je retrouvai heureusement ma voiture sans difficulté.

Sur le coup des dix-huit heures et comme la nuit était déjà tombée, je pris la route pour Turin. La circulation au centre-ville est un véritable casse-tête : c'est un entrelacs de ruelles et de places dont le système de priorité choque la logique de l'étranger de passage que je suis. Après m'être fait klaxonner (je n'ose imagine le détail des propos fleuris des autres conducteurs à mon égard) et mes nerfs mis à rudes épreuves, l'arrivée dans la cour de l'hôtel a été une délivrance. Je ne sais pas quelle fut la pensée du réceptionniste en me voyant débarquer tout crotté et les chaussures couvertes d'une croûte de boue. Quel soulagement que de pouvoir prendre une douche bien chaude pour se changer et sentir la douce texture de chaussettes propres aux pieds.

J'étais heureux de revoir mes anciens condisciples. Nous nous étions donné rendez-vous devant la cathédrale Saint Jean-Baptiste et je trouvai mon chemin avec une relative facilité. Passé la joie des retrouvailles, nous nous installâmes dans une gargote pour discuter autour de pizzas arrosées de chianti. Comme nous devisions, ils tentèrent de me tirer les vers du nez quant aux recherches auxquelles je m'adonnai récemment. Ils s'étonnaient de mon intérêt pour le personnage pour le moins incongru du père Delcampe, qui ne cadrait pas selon eux avec mes travaux et centres d'intérêt usuels. Je louvoyai et ne leur donnai pas de détails, ne souhaitant pas paraître ridicule tant il est facile de se fourvoyer en de tels chemins meubles et incertains. Je tiens à ne pas ternir ma bonne réputation universitaire. Les heures passant et comme la soirée avançait, je fus pris d'une certaine lassitude. La journée avait été longue et à la fatigue d'avoir crapahuté à travers champs s'ajoutait probablement l'effet du chianti. J'avais la tête qui tournait, et je rentrai pour m'écrouler sur le lit de ma chambre d'hôtel.

Sommeillais-je déjà ? Je me voyais avancer au sein des ruines d'Ascaro et sous mon regard les décombres retrouvaient leurs formes d'antan. Les murs s'élevaient et les toitures, les cheminées se dressaient vers le sombre azur constellé d'étoiles. Je restais seul dans le village abandonné et remontais la grand-rue jusqu'au porche du monastère. C'est alors que des chants étranges résonnaient alentour, poétiques et terribles. Je rebroussai chemin dans le lacis des ruelles avoisinantes, cherchant à m'éloigner et quitter ces lieux d'une pesante altérité, et à chaque pas les obsédantes litanies me poursuivaient. Je marchai, marchai droit devant moi, marchai jusqu'aux montagnes et aux forêts, je marchai jusqu'à basculer dans l'abîme.

Journal de Laurent H, le 28 octobre 20xx

Je mets décidément ma mauvaise nuit sur le compte des vins italiens, et j'ai tiré profit du trajet vers Paris pour piquer un somme dans le train. Puis, éveillé quoiqu'encore un peu vaseux, j'ai tenté de retravailler sur le deuxième texte codé du père Delcampe sans parvenir au moindre résultat probant. Le claquement sourd et monotone des roues sur les rails n'était pas propice à un examen aigü aussi me suis-je perdu dans de vagues réflexions quant au bilan à tirer de mon expédition et aux suites à donner.

Journal de Laurent H, le 31 octobre 20xx

Décidément mes activités d'enseignant au lycée me pèsent. Plutôt que l'animation des cours et l'abrutissement régulier des corrections de copies, j'ai le sentiment que mon réel travail et ma vocation consistent en l'analyse et la compréhension des secrets que peuvent nous divulguer les textes anciens. Cette activité me semble aussi naturelle que de respirer et je regarde avec une condescendance coupable mes congénères qui n'ont pas su transcender la matière qu'ils enseignent mais semblent engourdis dans un paresseux sommeil.

Trois jours ont passé depuis mon retour et je suis parvenu à mes fins. Le principe de codage reste le même, mais la permutation des consonnes dans un sens était complémentée d'une permutation des voyelles dans l'autre sens. Tout cela donnait au premier abord un inintelligible charabia et j'ai dû progresser à tâtons avant que de toucher au but. Voilà donc le texte une fois déchiffré.

Ma théorie est vraie. J'en ai vu la manifestation tangible dans les ruines d'Ascaro la nuit. Suis-je fou ? Ai-je toute ma raison ? Nous sommes-nous fourvoyés dans notre sacerdoce ici-bas ? Les siècles accumulés de notre catéchisme ne nous sont d'aucun secours contre ce dont j'ai été le témoin. J'écrirai demain à l'évêque et au pape, pour tenter de les convaincre qu'il est des portes que nous ne pouvons nier. Puisse Dieu me donner les mots justes. Je sens que j'ai attiré leur attention et que mon temps est compté. Je crois et remets mon âme en Dieu.

Je vais me rendre de nouveau à Ascaro. Il faut que je vive cette veillée, la nuit dans les ruines et que je perçoive ce que Delcampe a ressenti. Je veux comprendre les méandres et le cheminement de sa pensée. Il faut que je comprenne ce qu'il a voulu dire et comment l'atmosphère nocturne du village endormi à jamais a pu plonger le prêtre dans la folie. Or comme j'écris le doute m'assaille. Ces mots que j'ai lus sont-ils ceux d'un aliéné? De qui redoutait-il avoir attiré l'attention? Pouvait-il s'agir de la congrégation du Saint-Office ou de quelque autre ordre obscur froissé des investigations iconoclastes du curé? Pourquoi dès lors entreprendre d'écrire à une autorité supérieure (rien de moins que le pape)? Une autre hypothèse serait qu'il s'agit de quelque organisation criminelle, dévoilée par Delcampe en leur funeste trafic. Cela aurait le mérite d'expliquer sa fin atroce en un sinistre règlement de compte. Cette organisation était-elle importante au point qu'il en fallait faire part à l'évêché ou à la papauté, était-ce une secte peut-être, les agissements desquels il avait été le témoin et dont il estimait que le « catéchisme accumulé depuis des siècles » n'était d'aucun secours? Tant d'interprétations et de niveaux de lectures possibles. Autant d'agencements possibles des éléments du puzzle, dont aucun ne semble correspondre pleinement et satisfaire au moindre détail. Que dire enfin des turpitudes du père sur la fin de sa vie, et des cadavres de chats amoncelés dans sa cave?

Enregistreur vocal (non daté)

La voix semble voilée et difficilement perceptible, pour parfois se perdre en un chuchotement.

Il est trois heures du matin et je suis dans un hôtel sur la route pour Bergamo. Mon projet était de passer la nuit dans les ruines d'Ascaro. Cela peut paraître bête mais… J'ai pris peur. J'ai tellement honte de ce qui s'est passé que je n'ose même pas l'écrire. Je suis bien arrivé hier après-midi sur le site, le sac à dos chargé de mes blocs-notes et de lampes électriques. J'en ai poursuivi l'inspection jusqu'au coucher du soleil. L'obscurité tombe et l'on se sent pris dans une nasse morbide. C'est une quiétude pesante qui s'installe, il n'y a rien, pas une bête, pas un oiseau et l'on se retient soi-même de bouger pour ne pas froisser le silence. Il est une heure de la nuit où transi par le froid je me suis senti étranger et inconvenant en ce lieu. Je suis parti en courant – non, je me suis sauvé.

Journal de Laurent H, le 7 novembre 20xx

Qu'il est bon et sain de marcher dans la campagne du matin ! L'air est d'une légèreté enivrante. Je suis parti dans le crépuscule naissant à une heure où le commun des gens se tourne et retourne encore dans leur lit. Quoique le corps et l'esprit tout appesantis de mon expédition nocturne, je suis retourné sur le site. J'ai de nouveau effectué le parcours à travers des champs dont la terre exhalait ses parfums humides. Le soleil brille dans un ciel sans nuage et ses rayons filtrés par les branchages tombent en une cascade diaphane sur les vestiges. La végétation croît ici avec un bonheur indiscipliné et sauvage comme si elle voulait submerger et gommer l'endroit mais dans la pénombre de ce sous-bois, les ruines blafardes et mutiques restent tels une bête tapie. Sans vouloir excuser le tumulte de mes sentiments d'hier soir – quelle mauviette ai-je été — je dois avouer que l'endroit est impressionnant.

Journal de Laurent H, le 11 novembre 20xx

Quatre jours ont passé depuis que je suis revenu d'Italie. Je voudrais coucher sur le papier l'état qui m'a frappé alors que je voulais prendre le train du retour.

Je me trouvais en gare de Milan, mon sac sur le dos et dans la considération attentive du tableau des horaires. J'ai réalisé tout à coup que mon regard était posé sur les signes lumineux de l'écran, mais que je n'en décelais plus les caractères et en perdais le sens. Je me suis comme senti pris de vertige, et la cohue de la foule s'est brouillée autour de moi. Je n'entendais plus rien et le flot des usagers alentour s'était mué en un lointain bourdonnement. Un sentiment irraisonné m'a saisi. Quoi que moi-même prostré, fondu dans la masse des voyageurs, il me semblait pouvoir flotter autour de mon corps et détailler la scène du hall de gare comme si j'y étais en surplomb. J'étais devenu étranger à ce qui m'entourait et spectateur du manège de ceux qui naguère étaient mes semblables. Un singulier mélange de curiosité et de fierté ceignit mon esprit hébété comme je me trouvai au-dessus d'eux et je restai là un instant (une seconde peut-être ?) à les considérer. Puis une sourde angoisse se distilla en moi, comme je ressentis l'impression de ne plus être seul en ma situation propice d'observateur. Il était autre chose, et mon esprit brouillé ne pouvait le discerner proprement tandis que ma vision se perdait dans le flou. Était-il seul en sa particularité ou y en avait-il d'autres alentours ? Je ne sais. Je ne perçus que sa présence sournoise et rusée, et l'attitude figée de sa contemplation hostile.

Je me sentis tout à coup tomber, comme si j'étais aspiré vers le bas ou si j'avais dévalé d'une échelle. Je repris mes sens, couché à terre. Comme émergeant d'un rêve, je perçus par bribes les visages inquiets d'autres voyageurs penchés sur moi, un vieux monsieur à la barbiche grise et au feutre d'un vert sombre, un enfant aux cheveux ébouriffés, quelqu'un desserrant le col de ma chemise et un murmure chantant (comme l'italien parut doux à mes oreilles en cet instant) :

« *sono dottore, sono dottore* », je suis médecin. Je me réveillai tout à fait et lorsque la sueur m'inondait le front, je m'entendais les rassurer que ce n'était rien, et que je faisais juste un malaise comme cela m'arrivait parfois.

C'est miracle, que mes esprits retrouvés, j'ai pu gagner le train me ramenant vers Paris. Je ne me souviens rien des sept heures du long trajet que j'ai dû passer les yeux grands ouverts, perdu dans un blanc sommeil.

La narration de cet épisode peut paraître extraordinaire et l'on pourra me reprocher de broder ou d'affabuler. La réalité est qu'au contraire, les mots me manquent et que je ne parviens pas à retranscrire ce moment dans toute son acuité. Comment traduire ma stupeur de me retrouver le témoin étranger d'une scène banale pour divaguer et planer dans une autre réalité ? Comment faire passer l'horreur de cette présence inconnue et résolument néfaste qui rôdait à mes côtés ?

Si je devais être de nouveau l'objet d'un tel phénomène (je frissonne à cette seule perspective), j'irai voir un médecin. Je ne suis pas fou.

Note personnelle d'A. Diac, le 14 décembre 20xx

Je suis passé rendre visite à Laurent H ce dimanche après-midi. Il m'avait pressé de le voir depuis la rentrée scolaire pour m'entretenir des recherches qu'il menait au sujet de certains textes du Moyen-Âge. J'avais par ailleurs jugé son comportement quelque peu « altéré » au lycée ces derniers temps. Son caractère taciturne devenait irascible et on le sentait sur les dents. On le voyait surgir le matin aux grilles de l'école au dernier moment, le visage ravagé de cernes et mal rasé, engoncé dans des vêtements chiffonnés de la veille et qu'il n'avait pas dû quitter de la nuit. Je le soupçonnai de ne pas dormir voire de sombrer dans l'alcoolisme. Quelle différence et quelle évolution du personnage que je connaissais et qui m'avait habitué de son caractère sage et tristement scolaire. Passé l'émoi personnel qui était le mien en tant qu'homme face à cette déchéance que je devinais, je m'inquiétais des racontars et du qu'en-dira-t-on qui ne manquaient de se propager tant au sein du personnel enseignant que parmi les élèves, et qui ne pouvaient qu'envenimer les choses. Je souhaitai donc prétexter de cette visite sur ces recherches qu'il m'avait mentionnées récemment pour profiter de l'occasion et tenter de déceler ce qu'il se passait vraiment.

Laurent habitait dans une petite maison vieillotte de deux étages en centre-ville dotée d'un petit carré de jardin en arrière-cour. Je me présentai chez lui quelque peu à l'improviste. Il m'ouvrit hébété, et me laissa rentrer. Je fus atterré du désordre total qui régnait à l'intérieur. La poubelle n'avait pas été sortie depuis des jours et plusieurs sacs de détritus étaient empilés dans la cuisine. L'air était puant des remugles d'ordures, de cigarettes et de café froid. S'apercevant de mon trouble, il tenta d'entrebâiller une fenêtre pour aérer, n'y parvint pas, força un bon coup pour parvenir à ses fins ce qui fit voltiger les feuillets et documents qui traînaient jusqu'à même le sol. Je ne pus m'empêcher d'avoir une pensée pour les copies des élèves qui se trouvaient peut-être enfouies dans toute cette crasse. Des bouteilles d'alcool fort, vides, ouvertes, renversées, traînaient de-ci de-là dans ce remue-ménage.

Passé la mention de ses travaux de recherche, dont je ne doutais pas qu'elles fussent passionnantes, je lui avouai m'inquiéter à son sujet et de ce visible laisser-aller, qui transpirait jusque dans les salles de cours. Quelle était la raison de ce bouleversement ? Pouvais-je l'aider en quoi que ce soit ? Je ne pus tirer de lui qu'un trouble bafouillement. Je tentai de le remettre sur les rails en retournant sur le sujet de ses études récentes, tout au plus bredouilla-t-il que sa compréhension des textes n'était encore que balbutiante et qu'il m'en entretiendrait une fois ses théories raffermies. Je m'apprêtai à partir lorsqu'il sembla hésiter. Je m'arrêtai pour le considérer.

— Voulez-vous encore me dire quelque chose ? Je ne pus malgré moi éviter de faire sonner la question comme celle d'un tribunal pour le condamné.

Il murmura quelques mots et sembla hésiter.

— Vous y connaissez-vous en animaux ?

J'étais décontenancé.

— À vrai dire pas vraiment. Pourquoi cette question ?

Son visage se figea en un sourire aigre.

— Je pense avoir un visiteur dans mon jardin ces derniers temps. Il se manifeste surtout la nuit. Je l'entends tourner et venir gratter à la porte du bas. Je l'ai enregistré, permettez-moi de vous le faire écouter.

Avant que j'aie trouvé quoi que ce soit à redire, il avait sorti son enregistreur pour le mettre en marche sous mes yeux ébahis. Qu'étais-je venu faire là à parler zoologie ? Éprouvant au fond de moi une inquiétude réitérée quant à la bonne santé mentale de mon interlocuteur, je montrai un intérêt poli du bout des lèvres et tendis l'oreille. Qui s'est déjà essayé à la prise de son, sait à quel point le rendu est difficile sans le matériel adéquat ni la localisation précise des micros. Le résultat paraissait extrêmement brouillé.

— Je crois reconnaître le miaulement d'un chat. Voyez ? On l'entend feuler à ce moment.

— Vous croyez ?

Il m'adressa un regard torve. Je le considérai, sale et mal rasé, le visage jaune et prématurément vieilli. Il m'inspirait de la pitié et à vrai dire un certain dégoût et je fus pressé de le quitter, lui souhaitant une bonne soirée pour nous retrouver au lendemain. Je préviendrai les services sociaux et le rectorat.

Extrait du journal de Laurent H, non daté.

Contrairement au reste de son journal, d'ordinaire soigneusement rédigé, les présentes notes sont griffonnées et certains mots raturés. Le texte présente de nombreuses fautes et incohérences que j'ai tenté de corriger du mieux que j'ai pu tout en en préservant ce que je comprends du sens. Comme je procédais ainsi, je doutais moi-même de la retranscription, relisant et vérifiant les yeux écarquillés.

Le proviseur Diac est passé me voir chez moi à l'improviste. Se doute-t-il de quelque chose ? Peut-il m'aider ? Je n'ai pas réussi à lui dire ce qu'il se passait. Je ne le conçois pas clairement moi-même. Je tente de faire preuve du semblant de raison qu'il me reste pour écrire ces lignes. D'aucuns me diraient fou désormais, moi qui étais jugé si tristement cartésien par mes pairs. Qu'est-ce que la folie ? À quel moment le rationnel devient-il irrationnel ? Par où commencer ?

J'ai décrit il y a quelques jours le phénomène extraordinaire qui m'avait étreint en gare de Milan, ce sentiment d'élévation troublé par la perception d'une présence néfaste à mes côtés. Sans que les symptômes en soient les mêmes, je ressens une étrangeté dans l'environnement naguère si familier de la maison que j'occupe. Ce furent d'abord ces geignements, ou ces miaulements comme Diac les aura perçus, et qui m'auront réveillé la nuit. La nuit suivante, et lorsque la visite se répéta, je les enregistrai. Comme tout un chacun s'intrigue sur la nature des bêtes nocturnes qu'on ne sait pas reconnaître au bruit qu'elles émettent dans les ténèbres, ce qui aurait par le passé éveillé mon esprit curieux m'alarmait dans le cas présent. La coïncidence de cette bizarrerie me semblait trop grande d'avec mon expérience récente. D'aucuns l'auraient considérée comme un présage, or je ne suis ni croyant ni superstitieux. Ma conscience logique et méthodique me commandait de considérer ces manifestations comme inexistantes. Du voisinage que j'interrogeais, personne ne semblait remarquer ou s'émouvoir du tohu-bohu. Cela grattait de façon insistante à la parte du bas comme pour vouloir entrer.

Puis la singularité (je ne sais comment l'appeler autrement) se manifesta jusque dans l'intérieur de la maison. J'étais penché sur mon bureau, des liasses de documents épars tant sur la table que par terre aux alentours. Je perçus un bruit, incongru dans cette pièce d'une banalité ennuyeuse où j'avais tant l'habitude de travailler, alternant notes personnelles et correction des copies. Inconsciemment et sans en avoir saisi la nature, je tendis instinctivement l'oreille. Je réalisai que c'était un souffle. Non pas le souffle d'un courant d'air filtrant d'une fenêtre ou d'une porte entrebâillée, ni le mécanisme de quelque appareil laissé allumé, mais le souffle semblable à celui d'un être de chair et de sang qui se fût tenu dans la pièce en ma proximité. Je me raidis, les sens en éveil et celui-ci s'arrêta comme l'on retient sa respiration. Je sentis comme je le guettai que lui pareillement faisait de même, scrutant mes réactions et ma perception de sa présence. Puis le sentiment se dissipa comme l'on émerge d'un rêve, et je mis l'expérience sur le compte de mes nerfs à vif.

À la fin de l'après-midi suivante, la manifestation qui survint finit de m'ancrer dans l'horreur. J'étais également plongé dans mes notes mais ne pouvais m'empêcher de lever la tête de temps à autre et de scruter la pénombre des recoins de la pièce, que le faible éclairage peinait à dissiper. Comme j'eus aimé rester plongé dans une activité fastidieuse et monotone qui eut engourdi mes sens. Or c'était tout le contraire et je restais dans un état de surexcitation que je ne pouvais maîtriser, et quêtant malgré moi la résurgence de quelque anomalie. Je dois avouer à ce sujet que le tumulte de ces derniers temps m'avait laissé peu regardant quant au rangement et à l'état de mes affaires. Mes notes principales et du moment sont éparpillées sur la table, et je relègue par terre les brouillons, les erreurs, et les annexes dont je n'ai pas l'usage immédiat. Ordonner ce désordre était bien la moindre de mes préoccupations, or ce fut cet amoncellement de papiers qui révéla mon hôte. Le poids léger de petites pattes s'aventurant parmi les documents bruissait subrepticement. Il progressait de son pas régulier tel le tic-tac d'une montre avant que de s'arrêter, puis de repartir, explorant la pièce précautionneusement et prenant la mesure des alentours. Je restai prostré sur mon siège, tournant la tête et scrutant l'invisible, l'entendant passer derrière moi, hésiter avant que de gagner un coin de la pièce. Je retenais moi-même ma respiration, cherchant à percevoir le souffle de mon visiteur comme je l'avais fait la veille. Dans le désordre ambiant, un livre à l'épaisse couverture était relégué par terre. Je crus défaillir lorsque je perçus un frottement soyeux contre la tranche et le volume glisser, comme poussé imperceptiblement sous mes yeux exorbités. L'instant se mua pour se distendre en une terrifiante éternité. Comment décrire ce que j'ai éprouvé ? Les mots n'existent pas. J'aspirai une goulée d'air et émergeai du gouffre où j'étais près de m'abîmer.

Comme je rirais si ces lignes étaient d'un autre que moi et comme je moquerais ce que je tiendrais pour les divagations d'un fou. Je m'abreuve d'alcool et c'est ce qui me sauve de ne pas sombrer dans la démence. De la même façon que l'on affale les voiles d'un navire en proie à la tempête, je m'anesthésie l'esprit pour ne pas être porté et submergé du flot de pensées vénéneuses. Je m'extirpe de mon coma vaporeux le matin et me tiens éveillé à force de café et de nicotine.

Je pense avoir éveillé l'attention de quelque chose en me rendant sur le site d'Ascaro, un être en nul autre pareil de notre monde tangible. Ce quelque chose me suit et je devine par certains moments sa présence mauvaise m'observer. Que cherche-t-il ? Je devine sa haine, sa rancœur et sa perfide intelligence, car je sais ressentir en son étrangeté un intellect incomparable au nôtre.

Je suis fou. Ayez pitié. Qui peut me croire ? Je suis seul

Enregistrement vocal (non daté)

— Ils sont là, je les entends.

Une pause. Halètements.

— Il n'est plus seul. Ils viennent la nuit et tournent autour de la maison.

Pleurs. La voix se perd entre deux sanglots.

— Je ne veux pas qu'ils rentrent. Je n'ai rien voulu faire de mal. Pardonnez-moi, pardonnez-moi.

*

* *

Les voisins avaient appelé la police dans la nuit du 23 décembre 20xx, un moment après que les hurlements eussent commencé. La police était survenue avec du retard suite à un problème de retranscription de l'adresse. On avait défoncé la porte de la maison pour gravir l'escalier et découvrir le corps dans la pièce à vivre de l'étage. L'atmosphère était appesantie de la fumée âcre provenant du semblant d'incendie qui avait débuté, probablement causé par un mégot mal éteint et se nourrissant de l'amoncellement des vieux papiers. La dépouille gisait au centre de la pièce toute noircie d'une suie malodorante. L'autopsie du corps tordu en une pose grotesque conclut en un arrêt cardiaque « sans état pathologique préalable décelable ». Sans doute fallait-il mettre cette fin malheureuse sur le compte de l'état d'excitation extrême dans lequel Laurent H était plongé ces derniers temps et de son mode de vie effréné. Il ne s'alimentait pour ainsi dire plus dernièrement, mais se chargeait en alcools et excitant divers. Son organisme avait craqué tel l'élastique que l'on tend jusqu'à le rompre.

Deux mois après ce que j'avais perçu comme un tragique accident, je reçus par la poste une photocopie de ses notes et de son journal. Je ne sais pas dans quel but il avait procédé à ces duplicatas et il semblait les avoir réalisés dans la plus grande précipitation pour me les envoyer. Certaines pages sont improprement sorties et partiellement lisibles. Ironie du sort ou force du destin ? Je ne sais ce qui fit parvenir la transcription de ces lourds secrets si tardivement entre mes mains, et pourquoi surtout il avait choisi me les envoyer comme un simple courrier. Sans doute Laurent H avait-il déjà cédé à la démence et procédé de la sorte comme on jette une bouteille à la mer. Peut-être n'étais-je pas même le destinataire prévu, et avait-il fait adresser l'enveloppe à mon nom dans un instant d'égarement. Je me rendis sur les lieux du sinistre, laissés en l'état un long moment après le drame de façon à répondre aux besoins des enquêtes tant policières que des assurances. Nul besoin de détailler que j'entrai par effraction et que j'escamotai des papiers dans le capharnaüm, malheureusement brunis et rendus inintelligibles par l'incendie. Je trouvai l'enregistreur dont il avait l'usage dans un monticule d'immondices carbonisées. L'intégrité des données avait largement souffert, et j'ai fait figurer plus haut le peu qui en restait audible.

Laurent H se doutait-il qu'en me faisant parvenir la copie de ses notes il me rendait son légataire, risquant de me faire suivre moi-même le chemin tortueux et désespérant qui l'avait perdu ? Ma connaissance du défunt à l'occasion de notre collaboration ces dernières années me fait affirmer que l'authenticité et le sérieux de son témoignage sont indiscutables. Néanmoins, je veux croire que ces éléments collectés et mis bout à bout en ce semblant de chronologie ont un sens autre, trivial et commun, que celui que ma raison n'oserait exprimer. Je m'engouffre dans ce fol espoir qu'il n'est rien d'autre que notre réalité prosaïque et simple. Qui nous viendrait en aide autrement ? Je veux retrouver la sérénité et le calme de mon cœur.

Si malgré les efforts de ma logique et le cadre de mes capacités d'analyse l'indicible reste terré, ou s'il devait m'arriver quelque chose, je laisserais ces lignes derrière moi. Puissent-elles tomber entre de bonnes mains.

Armand Diac

Repas de famille

Le carillon de la porte m'a tiré de la somnolence dans laquelle le doux ronronnement de la télévision m'avait plongé.

Ma fille Marine faisait du mieux qu'elle pouvait pour ne pas laisser paraître une tête d'enterrement et cela me faisait du mal de la voir ainsi. Quant à son mari Pierre il semblait mal à l'aise comme à son habitude, et plus encore depuis l'annonce que je leur avais faite le mois dernier. J'avais parfois envie de leur crier de ne pas faire cette tête et de faire comme si de rien n'était, mais je savais au fond de moi que cela était impossible, et que ces infimes détails accumulés dans mon comportement et mon environnement témoignaient du mal qui me rongeait.

Nous avions gardé l'habitude à ce que je les invite à dîner une fois tous les quinze jours. C'était une sorte de rituel, entretenu des années depuis qu'Élise, la mère de Marine, nous avait quittés. Marine m'a tendu un livre emballé dans du papier satiné. Je savais qu'elle détestait venir les mains vides, et cultivait l'art des cadeaux et petites attentions. La couverture représentait les différents stades de l'évolution du singe jusqu'à l'homme – une brève histoire de l'humanité. Je soupesai le pavé, qui devait bien faire six cents pages. Je savais qu'elle avait lu l'opus car elle m'en avait déjà entretenu et avait été enthousiasmée. Je la remerciai en forçant un sourire. Je n'ai plus la tête à lire.

J'ai servi l'apéritif puis ai gagné la cuisine américaine pour déballer les plats, les déchargeant des grands sacs jaunes qui les enveloppaient. J'avais commandé cette fois le repas à un traiteur et me limitai à le faire réchauffer dans le micro-ondes. Je n'avais plus l'enthousiasme ni la motivation pour cuisiner, et je savais que mes hôtes m'excuseraient même si le menu n'était pas glorieux. Quelques verrines en entrée, une marinade et une pièce de bœuf seraient agrémentées de quelques fruits pour le dessert. Astrid ma petite-fille n'était pas venue avec ses parents ce soir car elle était à son cours de gymnastique. Il était heureux qu'elle ne soit pas là et il ne pouvait en être autrement. Je regrettais néanmoins son babil qui manquait à la conversation et dans laquelle un silence gêné s'installait par intermittence. Le tic-tac régulier de l'horloge murale devenait alors perceptible. C'était une vieille horloge que nous avions depuis des années avant même que Marine ne vienne au monde. Les volumineuses aiguilles de métal en parcouraient inlassablement le cadran blanc parsemé de chiffres romains. Je n'aimais pas trop le modèle qui évoquait en moi la montre écrasée de Charlot dans les Temps Modernes, mais c'était Élise qui l'avait choisi et elle était là depuis si longtemps qu'elle me semblait indéboulonnable du mur auquel elle était fixée. Je surveillais l'heure malgré moi car je savais que Marine devrait s'absenter sur le coup de vingt heures pour aller chercher Astrid.

Marine donnait le change et conversait avec son mari comme si de rien n'était. Par réflexe, je l'observai à son insu chasser la boucle noire qui lui tombait sur le front, petit geste qu'elle entretenait depuis son enfance. Je vis le temps de notre histoire familiale s'écouler une fraction de seconde. Je me souviens comme elle était heureuse et belle dans sa robe de mariée lorsque je la conduisais à l'autel. La petite église était pleine des invités qui étaient venus parfois de loin pour assister à la félicité des deux amoureux. Il y avait cette lueur d'une folle liberté qui brillait dans ses yeux et elle se cramponnait à son bouquet pour ne pas défaillir du bonheur qui la submergeait. Le couple semblait disposé à gravir les plus hautes montagnes.

Plus avant encore, je me souviens cette matinée d'automne qui avait précédé, où je rangeais dans la cuisine tandis que Marine et sa mère chuchotaient dans la salle à manger. Elles pensaient que je ne les entendais pas et je me rappelle leurs paroles.

— Il m'a demandé en mariage.

— Es-tu bien sûre de toi ? As-tu bien réfléchi ?

— Oui. Comme je suis heureuse ! À ton avis que va dire Papa ?

Comme les deux se concertaient en catimini j'essuyais pensivement les couverts, laissant errer mon regard au-dehors et vers le rideau d'arbres qui ceignait le parking en contrebas. Le feuillage doré bruissait dans le vent et les feuilles flétries ne tarderaient pas à tomber pour maculer le sol.

Je suis revenu à la réalité du moment. Devant moi, Marine et Pierre goûtaient aux plats réchauffés et exprimaient une délectation polie. Je continuai d'observer Marine et descendis malgré moi le regard pour guetter la marque de bleus sur ses bras lorsqu'elle retroussait les manches, ou de quelque autre vestige infamant. Je me souviens la première fois que je découvris ces marques et le long cheminement dans mon esprit avant que je n'ose comprendre leur origine. Il n'est pas douleur plus vive pour le cœur d'un père.

*

* *

Comme Marine et moi sonnâmes, il a fallu attendre un moment avant que mon beau-père Alain nous ouvrît la porte. Il avait mauvaise mine et l'air vaguement mécontent, comme si nous l'avions pris au dépourvu.

Après nous être débarrassés de nos manteaux nous nous sommes installés à la table basse où il nous a servi du porto comme apéritif dans le service de verres à pied finement ciselés qu'il affectionnait. De là nous gardions une vue sur la baie vitrée et le splendide panorama qui s'offre en contrebas. L'appartement est situé au septième étage d'une résidence de standing. Au-delà de la verdure en contrebas il s'offre une vue dégagée sur Paris. Comme l'obscurité s'étend l'on peut voir le quartier de la Défense s'éclairer puis les illuminations de la Tour Eiffel plus loin. Je comprends que les années passant, même réduit à la dernière extrémité il ne souhaite pas quitter les lieux.

Le dessous de la table basse était plein de dossiers médicaux et des enveloppes bleu lilas des dernières analyses qu'il avait passées, et qu'il avait oubliées ou non jugé bon de débarrasser à notre arrivée. Je le soupçonnai de perdre un peu la tête et de ne plus trop savoir où il en était.

Je me souviens le jour où il nous a annoncé sa maladie. Il paraissait voûté ce jour-là et tassé sur lui-même, je l'ai trouvé petit et fripé. Cela paraît terrible à dire mais cette nouvelle me soulagea d'un poids, qui est de sentir sur moi son regard lourd d'une terrible rancœur. Je ne peux m'y résoudre mais j'éprouve une difficulté à soutenir ce regard, dont je devine qu'il a changé depuis ce jour où j'ai porté la main sur Marine. Pourrait-il en être autrement d'un sentiment d'un père pour sa fille ? Il ne dit rien, mais je sens dans ses yeux l'éclat d'une haine muette. Comment essayer de me justifier et lui expliquer à quel point elle sait me rendre fou ? Je ne cherche pas à excuser mon geste, mais comprend-on l'émoi et l'angoisse dans laquelle elle me plonge par son caractère irrésolu et ses projets inconsidérés, sans aucune réflexion quant aux conséquences sur notre famille et notre enfant ? Je ne veux pas excuser les hommes qui battent leur femme ni les parents qui battent leurs enfants, mais fait-on l'essai de comprendre la détresse dans laquelle ceux-ci peuvent être plongés pour expliquer leur geste ?

Comme je pense je vois le regard d'Alain flotter dans le vide et lui-même semble s'être abîmé dans ses propres réflexions.

*

* *

Il est vingt heures passées d'un quart et Marine est partie chercher Astrid à son cours de gymnastique. Le claquement de la porte lorsqu'elle est sortie m'a sortie de ma torpeur. La messe est dite et avec cette porte qui se referme l'inéluctable va s'accomplir. Pierre et moi sommes donc en tête-à-tête pour un moment et les minutes s'égrènent lentement sur l'horloge murale.

Il n'y prend pas garde mais la conversation devient hésitante et je le prends à balbutier des paroles inintelligibles. J'ai vu son regard se voiler. L'analgésique que j'ai glissé dans son café commence de faire son effet. Il ne s'en rend pas compte mais il lutte pour rester éveillé. J'attendrai qu'il soit assoupi.

Sait-on ce qui traverse la tête d'un homme dont il sait qu'il n'a plus que quelques semaines, quelques mois tout au plus à mourir? Passé le choc et la tristesse de tout ce que l'on va quitter et le déni, on affronte la réalité en face. Tout devient possible, et c'est à la fois une enivrante liberté que l'on redécouvre et le fardeau d'une pesante responsabilité. Cette existence qui brille et scintille comme une étoile va bientôt trouver son terme. Comme j'ai vécu, et comme j'ai aimé vivre, pourtant. Arrivé à terme, je ne considère pas tout ce que j'aurais pu faire et que je n'ai pas fait, mais tous ces petits moments de rien qui font le plaisir d'une vie.

Ces derniers moments de cette vie qui se consume, Marine je vais te les dédier et te les offrir.

Je t'ai vue grandir et te connais mieux que toi-même te connais. Est-ce peur de ton mari ou une faiblesse de ton caractère ? L'aimes-tu encore malgré le mal qu'il te fait? Je sais que tu n'oses te défaire de celui avec lequel tu pensais partager ta vie. Je le ferai pour toi, et pour te délivrer car je reste le père de l'enfant que tu restes pour moi et dont je garderai la responsabilité jusqu'à mon dernier souffle. En ce qui me concerne je n'ai plus rien à perdre. La maladie me ronge et je n'atteindrai pas même le tribunal pour expliquer mon geste et encore moins la prison.

Quand il sera inconscient, je le porterai jusqu'au balcon d'où je le ferai basculer dans le vide. J'espère en avoir la force. Et si celle-ci venait à me manquer, même si je prie pour ne pas en être réduit à de telles extrémités, je trouverai autre chose dans la cuisine qui conviendra.

De fond en comble

Alain avait peiné pour rentrer la contrebasse à l'arrière de leur BMW, puis fourré des partitions et quelques sandwichs façonnés à la hâte sur le siège passager. Puis il avait adressé un signe distrait de la main à son épouse Fanny qui restait, stoïque, sur le perron de la belle propriété encadrée de gazons. Elle avait attendu que le vrombissement de la voiture s'étouffe au loin et la froide colère qui l'étreignait depuis des jours explosa. Alain préférait partir à deux cents kilomètres avec son groupe de jazz plutôt que d'être avec elle pour leur trentième anniversaire de mariage ? Parfait ! Elle suffoquait encore en se rappelant le moment où il lui avait annoncé.

— Tu pars pour quatre jours ? Du 14 au 17 ? Tu n'as pas l'impression d'oublier quelque chose ?

Elle se souvenait comment il cherchait, scrutait le plafond et plissait le front. Elle était sûre qu'il en faisait exprès. L'anniversaire de mariage ? Pas grave, pupuce, ils le fêteraient à son retour. Elle détestait qu'il l'appelle pupuce. Elle blêmissait de rage. Bien que leur relation ne fût pas au beau fixe depuis bien longtemps et qu'ils fissent chambre à part depuis des années, il lui semblait que certains rites et règles de bienséance devaient être préservés. Ne plus vivre l'amour fou des premiers jours, très bien. De là à se montrer oublieux, irrespectueux et discourtois !

Source de crispation parmi tant de couples, le travail ménager échoyait naturellement à Fanny. Non qu'elle fût naturellement portée sur la chose, mais Alain était factuellement incompétent en la matière. Il souffrait de cette incompétence crasse, comme Fanny aimait à le répéter, qui motive le licenciement en entreprise. Elle-même était cadre supérieure en ressources humaines dans un grand groupe tandis que lui vivotait d'expériences de-ci de-là, se lançait dans l'impression de petits tirages, devenait libraire, puis numismate. Il avait ce goût de la collection, accumulait les expériences comme les choses et ne savait se séparer de rien. Il se complaisait dans l'amoncellement, elle aimait les lignes claires et épurées. C'est essentiellement cette raison qui avait motivé leur séparation et répartition de l'espace au sein de la maison. À elle l'étage comprenant la chambre, le bureau et la salle de bain du haut. À lui le soubassement avec une pièce à vivre aménagée en chambre et la pièce attenante aménagée en salle de musique et dans laquelle il geignait des blues endiablés. Ils se partageaient tous deux le rez-de-chaussée doté de la cuisine, la salle à manger et une deuxième salle de bain. L'on devinait l'occupant des pièces à leurs états respectifs : propres et bien rangées pour l'étage, sales et la proie du pire bric-à-brac pour celles du sous-sol. Le rez-de-chaussée oscillait entre ces deux états en fonction des humeurs et du moment de la journée. Cette situation avait soulagé Fanny pour un temps, mais elle persistait à voir ce laisser-aller de la cave, dans sa proximité directe, comme une tâche ou une tare déteignant sur elle et y trouvait l'origine de tous ses maux. Elle avait pour principe de maîtriser activement le cours de son existence. La prise en main et contrôle de son cadre de vie, incluant son environnement physique, était un des piliers de sa doctrine.

Elle allait profiter de l'absence mal venue d'Alain pour nettoyer par le vide cet agglomérat de crasse et trier dans ces affaires. D'aucuns pourraient dire qu'il attendait peut-être secrètement qu'elle fît cela pour lui, mais ce n'était pas même le cas, tant le concept d'ordre lui était devenu étranger. Il serait probablement furieux de cette intrusion dans son petit monde, et pleurerait de toutes ces affaires et ces souvenirs écartés, rebutés, de ce vide angoissant dans son désordre. Il n'irait qu'à les chercher à la décharge publique ! Elle l'imaginait déjà larmoyant et les lèvres tremblantes, et y prenait un malin plaisir, s'entendant déjà persifler : « tu devrais plutôt me remercier ».

Elle se mit en ordre de bataille, fourbissant les armes sorties du placard à cet effet : sacs-poubelles en grandes quantités, jaunes, gris, noirs selon leur contenance, balais-brosses, aspirateur, éponges, produits détachants. Prête, elle emprunta l'escalier pour s'enfoncer dans le cloaque tel Hercules dans les écuries d'Augias. Il fallait se frayer un chemin pour avancer parmi les affaires qui traînaient partout dans la chambre aménagée. Une armoire était contre le mur. Les deux battants en avaient été démontés de façon à pouvoir entasser davantage et gisaient, posés de guingois contre une paroi. Les vêtements y avaient été comprimés, déformés, pressés parmi les cartons et les caisses et le tout paraissait attendre la moindre contrariété pour être vomi de ce trop-plein bigarré. Çà et là, des meubles d'appoint et des tables de chevet étaient disposés, eux-mêmes le ventre farci de bouts de papiers, mouchoirs souillés et affaires diverses. À plusieurs endroits, des paniers en osier, traditionnels refuges de clefs et menues monnaies semblaient avoir été oubliés et regorgeaient des pièces jaunes et aussi de clous, boutons de manchettes, piles usagées, tickets de métro et feuilles froissées couvertes d'écritures. Dans le coin de la pièce, le canapé-lit était déplié et aurait pu figurer le site d'une bataille que se seraient livrés oreillers et couettes tire-bouchonnées. Fanny eut un haut-le-cœur. Les draps en étaient tout poisseux d'auréoles jaunâtres. Qu'est-ce qu'il avait fait là, ce dégoûtant ? Elle se pinça le nez et aspergea le tout de produit détachant.

Elle déroula méthodiquement son plan d'activités. D'abord, le gros œuvre : un tri grossier pour faire un premier filtre et écarter les ordures et affaires de résolument peu d'intérêt. Un premier tas se constitua près de l'escalier : de vieux vêtements, des papiers que le temps avait rendus illisibles, des paquets de chips et des cartons de biscuits, pour certains à peine entamés mais qui étaient restés là depuis deux ou trois ans à en juger les dates de péremption. Un deuxième tas se dessina bientôt comprenant les vêtements partant en direction de la machine à laver. Ils seraient nettoyés, séchée, repassés puis rangés dans un second temps. Un troisième tas de moindre volume incluait des affaires d'intérêt et qui n'avaient de son propre avis rien à faire au sous-sol sous la seule coulpe de son mari. Un couteau de cuisine arrivé là dieu sait comment, une boite de tournevis, un dictionnaire commencèrent d'alimenter la pile sous les ponctuations de Fanny (« ah, il était arrivé ici celui-là ? Et tiens, c'est lui que je cherchais depuis des années ! »). Ces objets partiraient à destination de la zone neutre et de partage du rez-de-chaussée. Un quatrième tas, toujours de moindre importance, se constituait des babioles nécessitant un examen plus approfondi.

Ce travail de gros œuvre largement entamé, elle entreprit de s'attaquer à l'armoire toute ventrue de sa surabondance de vêtements. Comme elle tirait le pan d'une chemise tassée en boule entre deux tas de linge, ce fut toute l'étagère qui vint et tomba en un enchevêtrement flasque et coloré. Ses poumons se gonflèrent pour crier mais le hurlement mourut dans sa gorge tant le spectacle qui s'offrait à elle l'avait tétanisée. Parmi toutes ces affaires qui avaient basculé, une boîte en carton s'était ouverte. Une araignée avait dû naguère y trouver refuge pour y pondre une colonie d'œufs éclos depuis. Une myriade de petites araignées s'échappa, parsemant le monticule des frusques à terre. Elles n'étaient pas plus grosses que des grains de poivre et s'insinuaient dans le tas de leurs minuscules pattes véloces. Se ressaisissant, Fanny bondit et remonta l'escalier quatre à quatre. Une fois en sécurité à l'étage, elle fila dans la salle de bain, se battant les vêtements des mains et en vérifiant le moindre pli et repli. Elle les ôta précipitamment pour les mettre dans la machine à laver et fila elle-même sous la douche ou elle resta un long moment à se frictionner. Elle éprouvait pour les araignées une détestation viscérale.

*

* *

Fanny se rasséréna d'une large tasse de thé accompagnée de quelques biscuits. Elle maugréait de plus belle. Ah, son mari allait le lui payer cher ! Ce n'étaient pas tant les araignées qui la choquaient, mais l'idée que quelqu'un put dormir dans la promiscuité de cette vermine, presque à la toucher. La grossièreté le disputait à la perversité. Elle intégra qu'elle procédait à son opération de rangement dans un environnement hostile, et allait réviser ses plans de bataille en conséquence.

Elle descendit armée d'une bombe d'anti-nuisibles dans chaque main, des insecticides spécial-rampants, à même d'éliminer, détruire et exterminer. Le contact lisse et froid du cylindre de métal avait quelque chose de rassurant. Sans avoir encore repéré l'ennemi, elle fit feu préventivement dès le seuil, vaporisant généreusement la pièce. Elle s'acharna sur le paquet de vêtements dans lequel les bestioles s'étaient réfugiées. Alain se plaindrait-il peut-être de l'odeur quand il reviendrait ? Tant pis pour lui ! Il n'aurait qu'à bouffer de l'insecticide avec ses araignées ! Les cadavres s'accumulaient sur le plancher. Elle allait balayer tout cela puis nettoyer à grande eau.

À seize heures, la trotteuse de son téléphone retentit. Elle avait planifié ne pas s'embourber dans le rangement toute la journée, mais de s'arrêter à un créneau fixé au préalable. Le simple fait de s'être imposé une contrainte horaire l'obligeait à adopter un effort plus soutenu et à se montrer plus efficace. Outre le contrôle de son espace environnant, le contrôle de son temps était un des piliers de sa doctrine pour maîtriser le cours de son existence. Elle termina la journée en balayant ses mails car ceux-ci continuaient de tomber le week-end et ses jours de congé. Elle ourdit un moment le troublant espoir qu'Alain l'appellerait. Elle le conforterait que tout allait bien à la maison, un sourire sardonique aux lèvres. Malheureusement, le téléphone ne sonna pas. Elle n'allait tout de même pas l'appeler. Puis elle s'imposa une séance de yoga, alternant les exercices d'étirement et de respiration profonde. Maîtrise de l'espace, maîtrise du temps, maîtrise de son corps. Elle était satisfaite d'elle-même.

*

* *

Fanny se leva suivant un immuable rituel. Elle ouvrait les yeux avec le chant des merles qui virevoltaient en sifflant dans le jardin. Elle sortait du lit, chaussait ses tennis et partait faire le tour du quartier. Le chronomètre lui importait peu. Ce qui comptait, c'était l'entraînement proprement dit et dans son obsession du contrôle d'elle-même, la mise sous contrainte de ce corps qui l'enfermait dans une enveloppe vulnérable. Son tour effectué, elle était parfois la proie d'un vague sentiment d'incomplétude et repartait à toute vitesse, le cœur battant à tout rompre et guettant la limite de son essoufflement. Remontant la rue, elle croisa sa voisine, une vieille grand-mère acariâtre qui sortait chaque jour chercher son journal à la boîte à lettres en robe de chambre. Elle était accompagnée de son chat aux oreilles dentelées – c'était un bagarreur – et qui se frottait contre ses jambes grêles. Fanny leur adressa un sourire amical et le chat la toisa de son air goguenard coutumier.

Une fois rentrée, elle prit sa douche et s'attabla devant un petit-déjeuner reconstituant : jus de fruits fraîchement pressés pour l'occasion, bol de céréales complètes arrosées de lait et finalement une tasse de thé fumant, qu'elle sirota en parcourant les quelques derniers mails reçus pendant la nuit. Elle continua ce matin avec le programme d'action entrepris la veille pour nettoyer la cave et l'antre de son mari. En bas, elle considéra avec satisfaction les premiers résultats perceptibles du travail entamé. Il y avait bien encore çà et là quelques cadavres de bestioles ventre en l'air et pattes recroquevillées, éparpillées sur le plancher mais elle donnerait un bon coup de balai. Par ailleurs, le classement des affaires en piles avait bien progressé et elle allait en commencer le traitement au cas par cas. Elle tourna la tête lentement pour évaluer le théâtre des opérations du regard et sentit alors quelque chose dans ses cheveux. Elle connaissait trop bien et redoutait ce contact abhorré : le long fil d'une toile d'araignée courait d'un mur à l'autre en une construction improbable. Elle se frictionna la tête pour en ôter toute souillure, chassant du même coup tout vestige de l'édifice soyeux et maugréa. Ah, décidément, il allait le lui payer cher !

Elle s'attaqua d'abord à la pile d'objets à éliminer, ce qui lui permettait de gagner de la place. Un premier sac-poubelle fut rempli, puis un deuxième et puis d'autres encore. Elle cessa de compter. Elle les monta à l'étage, et sentit ses muscles se tendre sous la charge et l'effort en gravissant chacune des marches. Elle en éprouva une joie sauvage. Les sacs vinrent s'engouffrer dans la grande poubelle de plastique grise, puis celle-ci rapidement comblée, vinrent s'amonceler en un monticule alentour. Le soir, Fanny sortirait tout ce beau monde sur le trottoir en prévision du passage des éboueurs. Le tas d'affaires à laver était d'un traitement facile également. Après avoir trié le blanc du reste, Fanny estima que quatre lessives suffiraient pour venir à bout de l'ensemble et une première fournée partit dans la machine à laver. Entre le nettoyage, le séchage, pliage et repassage, elle estima une charge l'occupant jusqu'au lendemain soir.

Le dégrossissement s'affinait peu à peu et la surface se dégageait d'autant, permettant de circuler plus librement et d'entreprendre des rangements plus ciblés. Le troisième tas d'affaires (que Fanny avait considérées avec intérêt et sur lesquelles Alain avait mis la main sans scrupule) fondit comme neige au soleil comme elle en répartit le contenu qui dans la cuisine, qui dans la bibliothèque du salon. C'était le ballet des grands sacs qui se remplissaient, montaient, se vidaient avant que d'être réexpédiés au bas de l'escalier.

Elle fit une pause en milieu de la matinée et s'assit sur un tas de cartons. Elle embrassa la pièce du regard, s'imaginant le volume et des aménagements possibles. Il faudrait renouveler les papiers peints dont l'actuel, d'un bleu ciel poissard voulait se détacher par pans entiers. Changer tous les meubles, pour quelque chose de moderne et d'uni. Elle n'aurait malheureusement pas le temps avant le retour d'Alain et il lui fallait absolument terminer de faire table rase. La salle de musique n'avait pas encore été la proie de son grand nettoyage mais elle comptait y passer moins de temps que pour la pièce à vivre. Elle en poussa la porte pour considérer le prochain lieu de bataille. Ce n'était là que partitions à ranger et un bon coup d'aspirateur et de serpillière à donner. Un vieux sofa poussiéreux gisait dans un coin. Elle considérait méthodiquement la pièce, s'arrêtant sur une lézarde qui partait du plafond et sillonnait l'un des murs – il faudrait également refaire les plâtres — lorsque ses yeux se fixèrent. Une énorme araignée, noire et obscène, se prélassait sur l'une des plinthes. Elle n'en avait jamais vu d'aussi grosse. Un flot tumultueux de réflexions l'envahit :

— Elle m'observe. Elle est en train de préparer quelque chose. C'est un piège.

À moins peut-être que l'émanation de vapeurs toxiques des anti-nuisibles la veille ne l'ait chassée de la pièce à vivre et qu'elle se tint, malade et les poumons flétris en quête d'oxygène ?

— Ne bouge surtout pas d'ici.

Le pire eût été que la bestiole se sauvât pour s'embusquer dieu sait où. La perspective de toucher fortuitement cet être répugnant au détour de sac, caisse, étagère ou quelconque objet, le contact des pattes velues sur le grain sa peau lui faisaient dresser les cheveux sur la tête. Non, il fallait profiter de l'instant et l'éradiquer sur place. Elle monta à pas de loup s'enquérir d'un insecticide et descendit avec une bombe qu'elle secoua discrètement dans l'escalier. L'immonde créature n'avait pas bougé, offerte et provocante en toute sa laideur. Fanny s'approcha subrepticement, orienta l'embout et actionna l'aérosol. Un jet blanchâtre en sortit de la buse et la pièce s'emplit d'émanations aux relents douceâtres de vanille. L'araignée sursauta, comme mue sur ressorts, et galopa le long de la plinthe pour trouver refuge entre deux cartons. Ce serait son tombeau. Éprouvant une joie cruelle à avoir cornérisé son adversaire, Fanny darda l'endroit de jets toxiques, jusqu'à rendre les cartons luisant du dépôt empoisonné. Elle recula, redoutant une quelconque sortie désespérée, et tendit l'oreille.

Dans le silence, le tressautement des pattes qui s'agitaient en un bruissement saccadé témoignait de la lutte de l'animal et de sa lente et terrible agonie. Fanny se munit d'un balai du bout duquel elle écarta les cartons. Entre les rabats, l'ignoble bestiole était recroquevillée, ses pattes animées de rares soubresauts. Un copieux jet de spray final l'acheva, l'inondant littéralement de vapeurs mortelles à lui en gaver les poumons. Fanny ne put s'empêcher de frissonner lorsqu'elle ramassa la dépouille dans la balayette. Elle l'enfourna prestement dans un sac qui fut aussitôt doublement noué et entreposé dehors dans la poubelle, dont elle claqua le couvercle – puis s'assura que ce dernier était bien refermé.

*
* *

En dépit de ces récurrentes péripéties arachnéennes, la journée s'était bien déroulée et Fanny était satisfaite du chemin parcouru. Elle s'adonna aux mêmes rituels que la veille : yoga, vérification rapide des mails, puis se prépara un repas tant diététique qu'énergisant. Elle passa un moment devant le large écran de télévision accroché au mur du salon, zappant entre les chaînes, mais ne trouvant pas de programme à sa contenance. Elle alterna entre un Marlon Brando grimé en Zapata et l'échange aigre-doux de politiques à l'occasion d'un débat houleux. Tout cela ne lui paraissant pas très sérieux et elle éteignit pour parcourir quelques revues avant que de se mettre finalement au lit. La fatigue accumulée sur la journée eut raison d'elle et quelques minutes après avoir fermé les yeux elle dormait du sommeil du juste.

Elle rêva qu'Alain rentrait. Elle percevait dans ses songes le crissement des pneus de la voiture sur le gravier de l'allée et elle se réjouissait de sa stupeur et des affres de sa déconvenue en découvrant son chez-lui bouleversé. Puis elle se réveilla tout à fait. Il y avait bien un bruit quelque part, comme une espèce de froufroutement. Cela durait un instant, puis s'arrêtait avant que de reprendre furtivement. Fanny resta immobile, les yeux grands ouverts et les sens en éveil. Elle se disait qu'il devait être une explication simple et rationnelle, mais la réaction physiologique incontrôlable de son corps transi, son cœur qui battait la chamade, lui disait qu'elle avait peur. Elle se concentra pour deviner la nature du bruit et sa localisation. Quelque chose couinait tout en bas, dans les appartements d'Alain. C'était comme si un animal s'était retrouvé enfermé. Cela pouvait-il être une belette arrivée on ne sait comment ? Ou le chat de la voisine enfermé par inadvertance ? Celui-ci avait l'esprit vagabond et il lui était déjà arrivé de le trouver rôder dans la maison, flairant les bonnes odeurs de la cuisine. Elle allait lui mettre un bon coup aux fesses qui ne le ferait pas revenir de sitôt. Elle descendit précautionneusement l'escalier. Cela venait décidément du sous-sol. Poussant la porte, elle sentit sous ses pieds une substance tout à la fois visqueuse et soyeuse. Elle n'y prit même pas garde, percevant que la cause première de la terreur enfouie au fond d'elle-même et près de l'engloutir à tout instant, se fondait quelque part plus loin dans le noir de la pièce. Elle progressa à tâtons, ses yeux s'accoutumant lentement à l'obscurité.

Dans la pénombre, elle discerna une forme vautrée sur le canapé-lit et resta figée sur place. La silhouette s'animait d'une sifflante respiration puis il s'en exhala un chuintement ponctué de crachats douloureux. Son sang se glaça lorsqu'elle pensa reconnaître le mot dans un gargouillis infâme.

— Pupuce.

D'une main tremblante elle actionna l'interrupteur, inondant la pièce d'une lumière crue. C'était un tronc, le tronc blanchi d'un homme aux côtes saillantes et d'où émergeaient quatre paires de pattes, noires et couvertes de soies poisseuses. Dans cet amas terrible de chitine et de chaires mêlées, où était l'homme et où était l'animal ? Une tête difforme et boursouflée émergeait du tas répugnant, le visage mangé par deux yeux caves et vitreux. Une bouche fétide laissait deviner des dents gâtées et laisser s'échapper un filet de bave jaune et nauséabond qui gouttait jusqu'au sol.

— Pupuce.

Comme elle s'abîmait dans le regard hypnotique, longues, interminables, les pattes se déplièrent pour s'ouvrir et l'envelopper.

Enola Gay

Le B29 reposait dans le hangar de la petite base de Tinian. Il était lourd, imposant et impressionnait de ses quarante mètres d'envergure. C'était l'aigle du ciel, le bombardier le plus redoutable jamais utilisé, capable d'intervenir dans un rayon de 2 500 kilomètres et de charger jusqu'à dix tonnes de bombes. Or pour cette expédition, une seule et unique bombe se trouvait dans la soute. Long de trois mètres et noir dans sa chape de plomb, l'engin de mort attendait d'être largué pour porter le déluge et la destruction. Il avait été chargé la veille, mais désarmé car le fonctionnement de ce nouveau dispositif était jugé dangereux et incertain, aussi le choix avait-il été fait de ne procéder à l'armement qu'une fois en vol et loin de la base.

L'avion était prêt à décoller, les douze membres d'équipage à son bord. Le colonel Paul Tibbets procédait aux dernières vérifications, soigneusement émargées par Lewis son copilote. Celui-ci conclut, une fois la check-list déroulée :

— Tout est prêt.

— Il y a encore quelque chose

— Quoi donc ?

— Il manque encore quelqu'un.

Interloqué, Lewis dévisagea Tibbets. Celui-ci restait impassible, la sévérité de son visage, marqué des sourcils noirs et drus, tout juste atténuée de cette étincelle moqueuse coutumière qui luisait dans ses yeux.

— Cela n'a jamais été évoqué aux briefings et ce n'est pas sur les listes. Qui est-ce ? C'est complètement hors protocole.

— Observatrice indépendante. Ordre supérieur. Secret-défense.

Une silhouette menue émergea de la pénombre d'un coin du hangar. Elle était vêtue de noir, un fichu sur les épaules et une voilette lui couvrant le visage. Elle détonnait par son accoutrement et sa prestance du kaki et vert-de-gris des GIs environnant. Elle monta d'un pas hésitant à bord de l'appareil, et Lewis se dit qu'elle ne devait plus être toute jeune et complètement inhabituée à ce genre d'expédition. Tibbets lui adressa un signe de la tête, et lui désigna le renfoncement dans la carlingue de l'appareil. C'était un minuscule compartiment qui avait été discrètement aménagé, soustrayant son occupant des regards du reste de l'équipage. Cela était absolument extraordinaire. Mais qu'est ce qui ne l'était pas déjà lors de cette mission ? Chacun savait qu'ils rentreraient bientôt dans l'histoire.

Lentement, l'engin sortit du hangar pour dévoiler sa silhouette massive sous l'éclairage cru des projecteurs qui perçaient les ténèbres. Il y avait foule dehors, car on avait voulu passer l'évènement à la postérité. Les flashs crépitaient et les caméras tournaient, faisant leur mise au point sur les lettres peintes sur la carlingue : Enolay Gay. Tibbets dut ouvrir le hublot et faire signe aux reporters de dégager et pouvoir avancer pour gagner la piste d'envol de Tinian.

À 2 h 45 min du matin, le B29 s'élança enfin. L'avion gagna en vitesse jusqu'à ce que les roues quittent le sol et ils s'enfoncèrent dans la nuit étoilée pour gagner les hautes altitudes. Plus bas en dessous d'eux, les lumières de l'atoll s'évanouirent rapidement, comme happées par l'immensité de l'océan.

Un instant plus tard, deux autres appareils rejoignirent la forteresse volante dans le ciel. Les VN89 et VN91 et leurs équipes scientifiques étaient chargés des capteurs, sondes et caméras de façon à suivre le déroulement de l'expédition jusqu'à sa conclusion. La formation majestueuse et terrible progressait dans les airs en un vacarme assourdissant et monta jusqu'à côtoyer le firmament à 32 000 pieds.

Depuis le cockpit Tibbets et Lewis calculaient leur progression en scrutant les instruments de bord. Le ronflement régulier des quatre moteurs Wright à dix-huit cylindres ne les gênait plus depuis longtemps et renforçait le sentiment de puissance qui était le leur, les mains fermement agrippées et parcourues des vibrations du manche. Les heures et les jours passés dans ces appareils les leur rendaient familiers tels des animaux de compagnie, et ils avaient appris à différencier le moindre crachotement ou craquement anormal du ventre tonitruant de fer et d'acier. Le monstre de métal avalait les kilomètres au gré des litres de kérosène. Ils s'étaient suffisamment éloignés de la base et le pilote donna le signal.

— Deak ?

Le capitaine Parson disparut dans la soute et s'activa dans la moiteur et le tintamarre infernal à placer les charges.

— Bombe armée.

Le noir des ténèbres s'atténua pour se teinter de pâles reflets rosâtres. Le soleil émergeait par-delà la mer des nuages, dardant ses premiers rayons. Le spectacle était radieux, et il semblait irréel de vivre cet instant de quiétude à profiter de la beauté du monde. Ailleurs, en contrebas loin en dessous d'eux c'était la guerre, et ils portaient la mort avec eux. Dans le compartiment scellé, hors de vue de l'équipage qui s'affairait sur les instruments de bord, la silhouette voilée fermait les yeux et dodelinait de la tête. Le vol lui semblait long et elle s'assoupit. Dans le cockpit, la radio crépita.

— Conditions météo ok.

Un quatrième appareil B29 les avait précédés, chargé de s'assurer des conditions météorologiques et de la bonne visibilité au-dessus de la cible. Ils n'étaient plus qu'à deux heures de l'objectif, et déjà loin devant l'on devinait les côtes blanches dentelées de l'archipel. Là-bas, c'était le danger et l'ennemi que l'on allait frapper en plein cœur.

Les yeux de Tibbets s'écarquillaient sur la vue devant eux, avant de tomber sur le panneau de bord, l'altimètre, l'horizon, le compas puis sur le cadran de sa montre. Comme les aiguilles parcouraient inlassablement le tour du cadran ils se rapprochaient inexorablement de l'objectif. Il se sentit brièvement perdu dans un état second, comme dans un rêve, pour ne plus réagir qu'à l'instinct. Effet de la fatigue, angoisse des moments à venir ? L'opération se déroulait comme par réflexe, suivant le même protocole et les mêmes gestes qu'ils avaient répétés lors de précédents vols d'essais. Ils avaient largué des bombes citrouilles d'une taille comparable à l'engin qu'ils transportaient cette nuit. Or cette fois-ci la destination était toute autre et l'on n'était plus dans quelque simulation. Bientôt le monde saurait ce qu'ils avaient accompli. À cette pensée, il se ressaisit et continua son manège : visuel à terre, instruments de bord, horaire, visuel à terre, instruments de bord, horaire… Il saisit le micro, se demanda une fraction de seconde s'il le serrait plus que d'habitude et si un tremblement infime ne lui avait pas parcouru la main mais non, ce n'était qu'une impression et il devait arrêter de gamberger.

— Vingt minutes à l'objectif. Jeppson ?

Après un instant, la voix du sous-lieutenant grésilla en retour.

— Fusible ok.

Tout était prêt. La dernière barrière était levée et rien n'empêcherait plus le fonctionnement titanesque de la bombe désormais. L'œuvre de cohortes d'ingénieurs grisonnants depuis ces longs mois allait trouver son accomplissement. Il ne subsistait plus que l'épaisseur d'une feuille de papier à cigarette et l'inéluctable allait se produire. Il ne restait plus qu'à laisser tomber l'objet comme un vulgaire caillou. À 8 h 07 min, ils atteignirent les premiers faubourgs. Le temps était clair comme l'appareil de reconnaissance le leur avait annoncé et la ville s'étendait en contrebas telle une nappe grise parsemée d'éclats.

— Hiroshima. On y est, les gars.

Chacun à bord était tendu. Ils connaissaient la topographie du lieu par cœur, ayant appris et révisé pendant des semaines à l'aide de photos et de cartes. Le fleuve Ota scintillait dans le soleil du matin et ils repérèrent aisément le pont Aioi et sa forme en T caractéristique.

— Objectif !

— Bombe larguée.

Les battants s'ouvrirent en un claquement sec. La forme ovoïde sembla hésiter un instant puis bascula dans le vide. L'avion continuait sa route, droit devant lui. Agrippé au manche, Tibets était la proie de réflexions diffuses et contradictoires. La bombe était-elle partie ? Oui, bien sûr qu'elle était partie. Fonctionnerait-elle comme attendu ? Quarante-six secondes après le largage, une bulle orangée apparut derrière eux et se dilata à une vitesse foudroyante, submergeant tout alentour. Toujours escorté des VN89 et VN91 qui documentaient l'instant, l'appareil, qui filait de toute la puissance de ses réacteurs à 10 000 mètres de hauteur, fut pris de soubresauts.

*

* *

— Alors ?

Dans un bureau exigu de la base militaire de Guam, le général S. se tenait installé à une petite table. Son visage arborait des traits fins et soignés et ses mains délicates et blanches paraissaient celles d'un jeune homme. Ses cheveux coupés ras grisonnaient cependant, révélant un âge plus mûr, et son uniforme impeccable aux plis soigneusement marqués orné des étoiles d'argent inhérentes à son grade, attestaient de sa valeur et de son ancienneté dans le métier des armes et du commandement. Le plus frappant dans le personnage, c'était le regard clair et froid de ses yeux bleu d'acier, qui lorsqu'ils venaient à s'attarder sur vous semblaient vous découper et mettre à nu jusqu'aux tréfonds de votre âme. Il scrutait son interlocuteur, un grand gaillard assis en face de lui sur une chaise qui semblait trop petite en rapport à sa stature. Lui aussi arborait l'uniforme et un observateur avisé aurait pu s'étonner de ses insignes : trois chevrons, trois arcs et une croix latine brodée de noir. Un silence pesant régnait dans la pièce : non content d'être située dans un recoin éloigné de la base, les murs en étaient capitonnés et la porte à double battant verrouillée.

— Ils n'y ont vu que du feu. Personne n'a soupçonné que le « *little boy* » n'était absolument pas fonctionnel. Larguer un paquet de farine aurait eu tout autant d'effet.

— Et S. ? Comment va-t-elle ?

Le colosse haussa les épaules sans répondre. Le visage rougeaud rongé de cernes profondes, il semblait abruti de fatigue. L'autre continuait de dérouler méthodiquement et inlassablement les questions, pour certaines déjà maintes fois ressassées. Il vérifiait ainsi les hypothèses pour mieux calculer et se projeter dans l'avenir et la victoire, car telle était la tâche qui lui avait été confiée : gagner cette guerre par tous les moyens.

— Combien de personnes au courant ?

— Cela n'a pas évolué. Autant que les doigts d'une main. Il ne peut pas en être autrement, cela serait terrible.

Il répliquait machinalement et les yeux plongés dans le vague, visiblement préoccupé.

— Donc personne ne se doute de rien ? L'équipage scientifique ?

— Non. Comment soupçonneraient-ils quelque chose que leur entendement physique et mathématique de ce monde leur refuserait ? Ils sont tout à leurs équations.

Ils restèrent un moment silencieux. L'homme à l'uniforme orné d'étoiles d'argent jouait avec un stylo, en heurtant le bois du bureau avec un discret et irrégulier tapotement au gré de ses réflexions ou de ses humeurs. Le colosse en face de lui se tordait les mains en baissant les yeux. Le premier rangea finalement le stylo dans la poche de sa chemise, comme pour signifier que la discussion était terminée.

— Bien. Nous continuons donc sur ce schéma. Nous reproduisons l'expérience le 9 à Nagasaki. Assurez-vous de la remettre sur pied d'ici là. Moi, j'assure que tout le monde croit que l'effet résultera de la bombe au Plutonium issue de nos avancées scientifiques, c'est ma partie. Nous gagnons sur tous les tableaux.

— Puisse ce secret n'être jamais révélé et que nous l'emportions dans notre tombe.

On ne retrouvera nulle mention dans les archives de l'époque qu'en sus des douze hommes de l'équipage une femme se trouvait à bord de l'Enola Gay à destination de Hiroshima le 6 août 1945. Parvenu au-dessus de leur destination, ce treizième passager était rentré dans une transe hypnotique. Elle avait prononcé des mots bannis par les siècles de civilisation, et son esprit phénoménal était entré en communion avec des anges sinistres. Sous son commandement, les portails des sept enfers s'étaient entrouverts, déversant un torrent d'abominations en un déluge de chaos et de feu sur la population de Hiroshima. Les démons avides s'étaient jetés sur les malheureux dans un tourbillon vorace, les emportant avec eux en un instant. L'intrusion profanatrice dans le monde des vivants n'avait duré qu'une fraction de seconde mais dégagé une énergie mortifère et des soubresauts dans l'atmosphère, visibles sur des centaines de kilomètres.

JUSQU'À L'OS

Andreï se levait tôt. Il tentait de garder des heures fixes pour écrire. Coucher tôt le soir, et lever aux petites heures du matin, celles où il était le plus prolixe. C'était la discipline qu'il s'était fixée et qu'il suivait depuis des années, celle-là même qui l'avait mené au succès. Il se désolait pourtant de ce qu'il avait produit jusqu'alors, des bluettes pétries de bon sentiment or bizarrement c'était ce qui se vendait de mieux, ce pour quoi on l'adulait. C'était ce qui provoquait les files d'attente dans les librairies et salons du livre, où il enchaînait les dédicaces et signatures d'exemplaires à un public exclusivement féminin.

Comme il aurait voulu prendre de la hauteur et écrire quelque chose de mieux, quelque chose dont il aurait été fier. Une œuvre littéraire digne de ce nom, riche de sens et de style qui aurait été enseignée dans les collèges et lycées. Chaque nouveau récit qu'il entreprenait, amorcé de quelques idées fulgurantes et pompeuses, il se disait : « passion, romantisme, ce sera celui-là ». Las ! Ses tournures maladroites reprenaient invariablement le dessus, ses personnages se gauchissaient en de vulgaires images d'Épinal et le récit sombrait dans l'amourette naïve. Plus il se désespérait de la tournure de son écriture et de rater chaque fois son élan vers le grand art pour ne sortir ce qu'il n'estimait être que de banals romans de gare, plus son agent littéraire se frottait les mains en calculant les impressions, réimpressions et ce que tout cela rapporterait.

Ces préoccupations et ces élans artistiques dépassaient quelque peu Cécile, l'épouse d'Andreï. Ils s'étaient connus lors de la parution de son premier roman et quand il avait encore ses cheveux. Elle lui avait toujours voué une admiration timide et enfantine, spectatrice muette de tout cela qui lui paraissait déjà bien et qui lui échappait quelque peu.

Or tout allait être différent avec ce nouveau travail qu'il commençait. Confortablement assis à son bureau couvert de notes et de photos, autant de combustible pour son inspiration, il pianotait sur son ordinateur et progressait méthodiquement dans le récit. L'argument en était le chassé-croisé d'une femme mariée et de son jeune amant passionné. Cela serait tragique, et beau, et se terminerait mal. La femme était blonde, splendide, froide et inaccessible. Lui serait un étudiant en lettres poète à ses heures et promis à une carrière littéraire de renom, un beau brun ténébreux aux cheveux rebelles soigneusement coiffés en arrière.

Il avançait méticuleusement sur plusieurs fronts du récit, mais revenait régulièrement à un passage sur lequel il butait particulièrement. La belle avait envoyé une missive au jeune garçon lui déclarant que tout cela n'était pas raisonnable et qu'il fallait mettre un terme à leur liaison. L'amoureux éconduit profitait d'une réception mondaine pour approcher l'objet de son adoration et lui exprimer la persistance de sa passion « quoi qu'il en coûtât ».

La réception battait son plein. Parmi tous ces mâles en queues-de-pie et moustaches pommadées qui bombaient le torse, elle se tenait dans sa robe pailletée telle une nymphe diaphane.

Un grattement discret à la porte le fit sursauter. Cécile passa la tête par l'embrasure.

— Tu avances ?

Il eut un sourire crispé.

— J'essaie.

— Fidel a appelé.

Fidel le mal nommé, ou l'agent littéraire d'Andreï. Il venait immanquablement aux nouvelles pour savoir quand il aurait en mains le prochain manuscrit et pourrait planifier la prochaine publication.

— Très bien, merci. Je le rappellerai.

— Pas la peine, il m'a dit qu'il le ferait vers treize heures.

Andreï grimaça. Fidel le connaissait trop bien et savait qu'il ne l'aurait jamais rappelé.

Le déjeuner se passa sur une assiette de sandwichs et un verre d'eau minérale. Il sentait que l'inspiration était là, ce jour, et il ne voulait pas perdre le rythme. A treize heures précise il fallut se plier aux impératifs de l'échange téléphonique avec Fidel, expliquer où il en était. Andreï s'animait en parlant : une histoire poignante et terrible. À la question de savoir s'il pouvait envoyer une première version du manuscrit, il répondit.

— Non ce n'est pas encore ça. Ce n'est pas encore du beau. Il va falloir attendre encore un peu.

— Attendre, attendre ! Très bien, mais il faut garder le rythme, coco, tout le monde nous attend et si on n'a rien à se mettre sous la dent, eh bien… On devra tous les deux aller voir ailleurs.

Andreï haussa un sourcil désapprobateur. Tel était le problème : on ne lui laissait jamais l'opportunité de travailler convenablement et produire une œuvre à la mesure de son talent. Tout redevable qu'il était de Fidel pour s'occuper de ses affaires et appréciant son caractère à la fois conciliant et énergique quand il le fallait, il discernait que tous deux ne gravitaient pas dans les mêmes sphères. Il en était de même pour Cécile. Sans en concevoir un quelconque sentiment de supériorité, il se savait au-dessus de leurs contingences et digne de la cour de ces illustres épris d'absolu.

Il se remit au travail, mais l'inspiration s'était fanée et il ne parvenait pas à focaliser son attention sur le récit et l'écran de son ordinateur. Son esprit divaguait et il s'abîmait dans la considération des photos découpées de magazines éparses sur son bureau, le regard envoûtant et clair d'une actrice de Hollywood, ses papiers griffonnés, le reflet d'un rayon de soleil qui tombait sur le mur.

Il jeta un regard au radio-réveil. Quinze heures. Ce serait bientôt l'heure pour lui de partir en mission dans les quartiers de banlieue.

Il faisait partie d'une association de bénévoles qui offrait du soutien scolaire aux enfants de milieux défavorisés, et officiait de la sorte quatre fois par semaine. L'exercice lui semblait sain et il n'en tirait aucune fierté personnelle. Il espérait par sa bonne volonté remettre sur les rails les élèves en difficulté, jusqu'à les ouvrir à la perception du beau, la poésie et la littérature, qui sait ? Et peut-être un jour seraient-ils eux-mêmes les lecteurs reconnaissant du chef-d'œuvre – son chef-d'œuvre – qu'il aurait enfin écrit.

*

* *

Andreï organisa méthodiquement son plan de travail, puis se remit à l'ouvrage. Un long passage lui était venu en tête la nuit, comme il se tournait et se retournait dans son lit en peinant à gagner le sommeil. Il décrivit d'une traite leur première rencontre et leurs regards plonger l'un dans l'autre en un troublant délice. Ses doigts couraient sur le clavier et il considéra le paragraphe, satisfait. Désireux de poursuivre dans la foulée, il s'attela à la pierre d'achoppement du récit et la narration de la réception et les houleuses explications qui devaient en suivre entre les deux amants.

La réception battait son plein. Parmi tous ces mâles en queues-de-pie et moustaches pommadées qui bombaient le torse, elle se tenait dans sa robe pailletée telle une nymphe diaphane. Il trouverait le moyen de la prendre à l'écart pour la baiser jusqu'à l'os.

Il sursauta et écarquilla les yeux. Relut la dernière phrase. Quelle horreur ! Était-ce lui qui avait écrit cela la veille ? À quoi pensait-il quand il avait travaillé sur ce passage ? Il réfléchit quelle heure il avait pu être, et par quoi sa réflexion avait pu être troublée à ce moment-là. Il s'empressa de supprimer la phrase. Il avait usé et abusé du vocable dans toutes ses amourettes. Baiser volé, langoureux ou passionné, déposé sur la pure blancheur virginale d'une main ou le rouge carmin de lèvres abandonnées. Mais *baiser quelqu'un – jusqu'à l'os* ! Il chassa l'image, grotesque et vulgaire qui tentait de le pénétrer une fraction de seconde et frissonna. Se pouvait-il, même par distraction, qu'il ait écrit une telle abomination ?

Sa concentration s'en trouva affectée. Il commença quelque chose, s'arrêta, repris, s'arrêta de nouveau pour tout effacer et tout recommencer. Finalement il ôta ses lunettes et se frotta les yeux, laissant son esprit musarder. Décidément, cela n'avançait pas.

Il allait prendre la scène différemment. Se focaliser sur la description des personnages. Cela lui ferait probablement retrouver l'inspiration une fois lancé. Il sortit les fiches répertoriées par thèmes, lieux et personnages, où il notait ses idées, accumulant et retournant les traits et les adjectifs comme autant de petites touches qu'il ressortait dans son récit le moment opportun venu. Il les consulta, les classa, rajouta quelques notes de-ci de-là puis balaya les photos d'un regard distrait.

La sonnette de l'entrée le sortit de sa torpeur. Il avait oublié qu'ils avaient invité leur voisin pour déjeuner. Un bonhomme massif, nouvellement installé dans le quartier et qui avait su s'immiscer dans leur quotidien et leur intimité par sa bonne humeur communicative. Il est vrai que la perspective de la seule compagnie de Cécile s'avérait plutôt ennuyeuse. Leur voisin montrait un profil intéressant : les traits épais et marqués par la bonne chère, il conciliait sa laideur avec un bagout et un charisme naturel. Toujours une bonne histoire aux lèvres, il dominait les conversations de sa voix de stentor. Sous son aspect rustre et vulgaire de poissonnier de village, Andreï le soupçonnait néanmoins d'être beaucoup plus fin et subtil qu'il ne le voulait montrer. Tambourinement à la porte du bureau, entrebâillée avant qu'il ait pu répondre.

- Alors, ça avance, la poésie ? T'inquiète pas, je te dérange pas.

Il lui adressa un clin d'œil et sortait déjà avant qu'Andreï n'ai pu esquisser un bonjour. Il l'entendit mettre le couvert avec Cécile, et profita de ce bref moment de répit pour tenter de mettre de l'ordre dans ses papiers et dans son esprit, pavant à grandes lignes le chemin de ce qu'il comptait écrire dans l'après-midi. Cécile avait fait une cuisine simple et sans prétentions : bœuf bourguignon, salade d'endives. Andreï mangea pensivement et sans trop intervenir dans la discussion à table. Comme cela lui arrivait souvent et c'était un pli inconscient entretenu par son métier d'écrivain, il observait discrètement son voisin. Il détaillait sa bouche lippue engouffrer la nourriture entre deux exclamations et s'attardait sur les mains fermes comme des battoirs, la tache au revers d'une manche et les boutons prêts à craquer d'une chemise trop serrée sur la lourde bedaine. Il laissait alors divaguer son imagination, cherchant à quel endroit de son récit placer ce colosse bâfreur.

*

* *

Andreï se leva de mauvaise humeur. Il était insatisfait de son travail de la veille et du faible volume de sa production, de piètre qualité de surcroît. Non, il ne fallait plus qu'on le dérange désormais : plus de coup de téléphone et encore moins de comptes à rendre, plus d'invités à déjeuner chez eux, plus de perturbation. Tout au plus gardait-il dans sa routine quotidienne le soutien scolaire, qu'il voyait comme faisant part de son hygiène de vie. Il pianota sur le clavier, s'attelant à la scène d'introduction de son roman : la sortie de cours des étudiants une soirée de décembre. Dans la cohue bigarrée, une figure se détachait sur laquelle il descendait pour se concentrer en un long travelling. Le garçon restait extérieur à la cohue, taciturne et plongé dans ses pensées. Andreï continuait la description, s'animant et tirant de longues phrases entre deux instants de réflexion. La matinée fut prolixe et trois pages s'écoulèrent naturellement. À la relecture, tout ne serait peut-être pas bon, il faudrait sans doute raturer, biffer, changer telle ou telle tournure maladroite ou reconsidérer la répétition involontaire d'un terme. Mais qu'importait, la substance et le matériau de base étaient là et il n'y avait plus qu'à le polir. Rien n'était pire que le syndrome de la page blanche.

Comme il progressait de la sorte, il reprenait confiance en lui. Ils pourraient voir, tous, de quoi il était capable. Son récit avançait et il parcourait le travail des jours d'avant. Comme il rajoutait ici et là quelques détails, son esprit divaguait : une fois son talent reconnu et accepté dans les plus hauts cénacles, quel serait le sérieux argument de son prochain roman ? Il imaginait de nouvelles amours tragiques sur une île près de la Nouvelle-Calédonie, ou une idylle dangereuse en une cruelle dystopie. Il allait plus avant, et quelques retouches le conduisirent de nouveau au passage calamiteux sur lequel il se cassait les dents depuis des jours. La description des retrouvailles des deux amants à l'occasion d'un raout restait une maigre ébauche et il désira en reprendre le fil. Il eut un hoquet en se replongeant dans le paragraphe de la veille.

La réception battait son plein. Il mit la main dans sa poche et sentit le froid métal du stylet. Ça allait être une boucherie.

Sans qu'il en prît conscience, il resta un long moment les yeux rivés sur l'écran. Son front s'humecta d'une sueur rance et ses oreilles bourdonnaient. Cette aberration malsaine dans son texte, de nouveau ? Il était envahi d'un flot confus de pensées. Quels étaient le sens et l'implication de cette phrase rentrée subrepticement dans le récit ? Comment en était-il arrivé à l'écrire sans s'en rendre compte ? Était-elle le reflet de son état d'esprit, de quelque tare ou fantasmagorie morbide ? Était-il dérangé ? Il s'ébroua et supprima rageusement la phrase. Puis il se leva et gagna la salle de bain. Là, il ôta ses lunettes, s'épongea le front d'un gant humide, et se dévisagea dans le miroir. Les yeux caves et boursouflés de cernes, il se trouva fatigué, veule et laid. Il descendit à la cuisine, se disant qu'une pause lui ferait du bien et se servit un généreux mug de café. Cécile le considéra, interrogatrice et il ne voulut pas affronter son regard ni lui adresser la parole. Une fois calmé, il remonta dans son antre pour reprendre le travail. Il se mit à son bureau, referma son ordinateur et décida de s'affairer pour un temps à jeter des idées sur un bloc-notes.

Dans l'après-midi, il rouvrit l'ordinateur et retrouva un rythme de production presque normal. Il restait hésitant, vérifiait ce qu'il avait écrit, revenait en arrière. Était-ce bien ce qu'il voulait dire ? N'y avait-il pas quelque sens caché ou sous-entendu qui le laisserait pantois le lendemain ? Avait-il la pleine possession de ses moyens comme il écrivait, la pleine conscience de la réalité ? Il ne pouvait empêcher une sourde inquiétude de l'étreindre, et le doute l'assaillait. C'est tout juste s'il ne jetait pas un regard à la dérobée par-dessus son épaule de temps à autre.

L'après-midi, Fidel appela pour venir aux nouvelles. En dépit de sa résolution du matin de ne pas répondre au téléphone, Andreï prit l'appel. Il se montra distrait et demanda à plusieurs reprises que la question fût répétée avant que de répondre laconiquement. Il était las, il ne savait plus. Qu'on le laisse travailler en paix. Il accueillit la fin de journée avec soulagement. Il passa la soirée aux côtés de Cécile devant la télévision, à ne penser à rien. Il monta tôt se coucher, la laissant seule dans la pénombre du salon juste éclairé des chatoiements blafards du petit écran.

*

* *

Il allait la baiser jusqu'à l'os et quand il aurait terminé avec elle il lui inciserait le ventre. Il extirperait les entrailles encore chaudes et lui en barbouillerait le visage. Puis il la laisserait les jambes et la panse ouvertes – exhibition sanglante de son intimité profanée.

Effaré, Andreï se prit la tête entre les mains. Il en était sûr désormais. Il n'était plus bon à rien. Chaque jour qui passait voyait son récit gangrené de nouvelles horreurs, qu'il n'aurait exprimées dans ses pires cauchemars. Il devenait fou. Il ne savait pas ce qui l'attristait le plus : la perspective d'en finir, ou celle de ne pas avoir pu mener à bien son grand ouvrage, qui l'eût fait passer à la prospérité. L'ordinateur était devant lui mais il ne le regardait plus, la proie d'intenses réflexions ponctuées de soubresauts amers. Représentait-il un danger pour ses proches, pour Cécile ? Était-il sain de continuer le soutien scolaire et cette proximité de jeunes enfants avec son esprit torturé ? Il fallait qu'il consulte, qu'il aille voir un médecin, sûrement on pourrait le guérir de cette névrose morbide, on saurait extraire de lui ces racines toxiques. Non, il n'oserait jamais se confier. On risquait de le garder dans un asile, ou on le mettrait en prison. Il attendit, apathique, le long égrènement des minutes jusqu'à l'horaire du soir. Il irait se consacrer à ces enfants en difficulté. Faire comme si de rien n'était. Peut-être cela purifierait-il son âme malade.

*

* *

— Tu ne crois pas que tu y vas un peu fort ? Il est tout chamboulé.

— Non ne t'inquiète pas. Ah, qu'est-ce que je m'amuse depuis que j'ai piraté son ordinateur !

— Mais tu fais quoi exactement ?

— T'inquiète pas. Il est toujours de sortie ce soir pour s'occuper des mioches ?

— Oui.

— Super. Je passe alors. Putain Cécile je vais te baiser jusqu'à l'os.

Bestiole

Mamie Jo essuya les larmes qui lui perlaient des yeux pour goutter sur ses joues flétries. Enveloppée d'une couverture, la petite forme gisait dans le trou qu'elle avait creusé. Après l'euthanasie, elle n'avait pas voulu que le vétérinaire procède à l'incinération et avait préféré lui donner les honneurs d'une tombe dans le jardin. Cela avait été un bon chat, le compagnon de partage de tant d'années. Elle boucha le trou et en tassa la terre. Elle y planterait des fleurs à la belle saison, quelque chose de gai, joyeux et coloré. Enfin, elle cala une plaquette de bois à l'inscription pyrogravée : « Tigrou », avec la promesse de l'ornementer de quelques motifs quand elle en aurait le cœur.

À l'intérieur, elle se prépara une tisane et un petit verre de liqueur puis s'installa dans le fauteuil crapaud. Sur la commode à côté, les photos encadrées montraient Tigrou dans différentes postures, et les chats qui l'avaient précédé, autres compagnons fidèles et attentifs de différentes périodes de sa vie. Ici, c'était l'une, pelotonnée dans un sceau, là, c'était un autre la tête fourrée et coincée entre les barreaux d'une chaise. Qu'elle avait ri, après l'avoir délivré, à le voir déguerpir tout penaud et la queue entre les jambes. Cela faisait longtemps que toutes ces photos avaient remplacé celles de ses enfants et petits-enfants (Ingrats ! Bon à rien !)

— Ah ! Ça non alors !

Mamie Jo sauta hors du fauteuil.

Dehors, l'ineffable se produisait. L'infâme Bestiole, le rival de toujours de Tigrou, arpentait la pelouse. Nul ne savait d'où il venait depuis ces années et personne n'en était le propriétaire. Elle l'avait affublé de ce surnom aux consonances péjoratives : Bestiole c'était le gros parasite, le ver empâté, l'abjecte créature, l'ennemi ancestral. Grosse boule de poils gris zébrée de noir, il progressait tel un tigre insolent, la démarche souple et provocante parmi les hautes herbes. Sentait-il l'absence de son rival ou venait-il le narguer jusque sur son territoire ? Il y en avait eu des bagarres, des feulements au clair de lune et des disputes de quartier contre ce chat renégat.

Elle fila dans la cuisine et farfouilla dans les tiroirs du meuble où étaient rangés tous ses ustensiles. Parmi les cuillers et les tire-bouchons, elle extirpa un lance-pierre. L'engin était rudimentaire, façonné d'un bout de métal qui avait été tordu pour accueillir un large élastique.

— Pscccht ! Va-t'en, sale bête !

Entrouvrant la fenêtre, elle banda le lance-pierre, et visa pour tirer. Le matou, figé une patte en l'air et tous sens aux aguets, avait compris. Il avait reconnu le visage grimaçant et l'instrument diabolique qui le dardait de projectiles. L'élastique claqua, et déjà il avait détalé, filant à toute allure au point qu'il dérapa en prenant son virage au coin de la maison. Il n'était pas touché ? Qu'importe, ces frappes préventives l'apeuraient même si elles ne touchaient pas leur but.

Revenue à la cuisine, Mamie Jo commença de se préparer son dîner. Elle n'avait à vrai dire pas faim, mais éplucher les légumes, casser et battre les œufs, faire bouillir l'eau des casseroles bref s'affairer en quelque façon lui changeait les idées. Son regard tomba sur le sac de croquettes qui restait et sur lesquelles Tirgrou jetait naguère son dévolu. C'était un sac de dix kilos, goût poulet protéiné. Elle renifla et souffla dans le petit mouchoir de son tablier.

— Qu'est-ce que je vais en faire, de ça, maintenant ?

La nuit tomba et elle passa la soirée, les yeux plongés dans l'écran de la télévision. Elle ne suivait pas même le programme. Elle monta se coucher sur le coup de dix heures, resta un moment en chemise de nuit assise sur son lit, poussa un grand soupir avant que de se glisser entre les draps. Comme le lit allait lui sembler vide, sans cette petite boule de poils chaude à ses côtés ! Elle s'endormit d'un sommeil que troublaient des rêveries obscures : elle se revoyait déposer la dépouille dans le trou, encore et encore, refaisait le geste et sentait le grain friable des mottes de terre humides et l'odeur de l'humus. Elle le tenait emmailloté contre elle comme un bébé, et il ouvrait les yeux : non il n'était pas mort mais bien vivant, il savait qu'il ne pouvait pas l'abandonner toute seule ainsi et déambulait dans la maisonnée en une ronde gracile. Ses démonstrations d'affection terminées, le claquement de la chatière témoignait de sa vélocité comme il partait en chasse dans le jardin.

*
* *

Mamy Jo se leva de mauvaise humeur et souffrant d'une forte douleur à la hanche. Cela lui arrivait de temps à temps. Elle en considérait les causes possibles, et mettait cela sur le compte de l'hiver approchant. La dernière chose qu'elle voulût considérer était un passage chez le docteur (charlatans !), préférant la médecine des plantes de son jardin. Elle avait commencé de rédiger un « journal de ses avaries de bord » qu'elle alimentait au fur et à mesure des menus troubles qu'elle rencontrait et de ses essais thérapeutiques.

Arrivée dans la cuisine, elle se mit une tranche de pain à griller. La minuterie de l'appareil ne fonctionnait plus que par intermittence et elle suivit l'état d'avancement du gril en extirpant la tranche de temps à autre à l'aide d'une vieille fourchette. Elle sentit alors quelque chose d'anormal. C'était un mince courant d'air glacial qui circulait dans la pièce d'ordinaire habitée d'une confortable et languide chaleur. Elle considéra la chatière : le battant en était relevé au maximum, laissant s'engouffrer le souffle frais du matin. Satané Bestiole ! Cela ne pouvait être que lui ! Il avait profité de l'absence de Tigrou pour venir s'aventurer dans la maison ! Qui plus est, la position du battant laissait présager qu'il avait dû entrer et sortir tel un boulet de canon.

Se pouvait-il que le bruit de la chatière qu'elle avait imaginé dans son rêve trouvât son origine dans cette intrusion ? Comme elle faisait le tour de la table pour refermer la chatière, quelque chose craqua sous la semelle de son chausson. Elle s'avisa alors que le paquet de croquettes était renversé, et le contenu épandu à terre. Ah, le cochon ! Il avait dû bien se servir ! Son visage blêmit et ses lèvres frémirent de rage : elle ressentait cette intrusion comme une injure et une profanation de son territoire, et pire encore de la mémoire de Tigrou. Le claquement du grille-pain la fit sursauter, et elle vit dépitée la tranche de pain carbonisée régurgitée par la machine.

Armée d'un épais rouleau de scotch gris, elle barra méticuleusement l'entrée de la chatière. Chaque côté du battant était couvert d'une longue bande qui le maintiendrait désormais fermé. Elle lorgna le paquet de croquettes. Il en restait une belle quantité et elle n'allait tout de même pas le jeter. Elle profiterait d'un passage devant chez le vétérinaire pour lui remettre. Cela ferait bien le bonheur de quelqu'un.

La journée se déroula simplement avec son cortège de menues tâches ménagères. Mamy Jo était allée chercher la petite plaque de bois sur la tombe de Tigrou. Il lui était venu à l'esprit un motif floral dont elle souhaitait l'agrémenter. Elle dessinerait également quelques souris, cela conférerait à l'ensemble un caractère tendre et amusant. Le téléphone sonna. Entre voisines, l'on s'échangeait les nouvelles. Les veuves et vieilles filles du quartier formaient une véritable communauté. Mamie Jo s'épandit sur la disparition de son compagnon. Allait-elle reprendre un chat ? Il y en avait de si attendrissants à la SPA. Non, elle ne pourrait pas vivre une nouvelle fois ce qu'elle venait de vivre, cette disparition à fendre le cœur. Et si elle-même venait à disparaître, qui s'occuperait de la pauvre bête ?

L'après-midi, elle s'affaira à arracher des mauvaises herbes dans le jardin. Sa hanche l'élançait encore un peu, aussi resta-t-elle prudente dans ses mouvements et ses génuflexions. En rentrant, elle considéra la chatière condamnée : c'était du beau travail et il n'était pas question que le matou se livre derechef à quelque incursion. Elle réfléchit que cette obstruction à toute nouvelle intrusion féline dans la maison était une étape de son existence, une des dernières peut-être et pas des plus réjouissantes. Ainsi était la vie. Elle dîna sans appétit, le cœur et l'esprit toujours étreints d'une sourde tristesse. Cela la fatiguait, et elle s'écroula dans son lit toutes lumières allumées.

Un grattement furieux la tira de son sommeil à partir de onze heures du soir. Elle comprit instantanément que son impromptu visiteur était de retour et s'efforçait de passer. Cela raclait, griffait, crissait à ne plus finir. Un mince sourire s'esquissa sur ses lèvres. Elle serait bien descendue épier la scène, mais ses jambes étaient de coton. Sur le cadre de l'horloge-réveil, les minutes passaient. Le matou semblait avoir abandonné, mais le charivari reprit aux alentours de minuit. C'est qu'il était tenace, le bougre ! Le vacarme était tel qu'elle redouta un moment qu'il ne dérangeât les voisins. Elle l'imaginait, ce gros gourmand balourd s'activer, mordre et tirer, en proie à une furieuse incompréhension. Il y eut une nouvelle accalmie, puis cela recommença. À deux heures du matin, enfin, le calme était revenu.

*

* *

— Sale Bestiole ! Maudit !

Mamie Jo hoquetait de rage. Le froid dans la cuisine l'avait saisie le matin, et elle avait considéré comme stupéfaite le champ de bataille. Des lambeaux de scotch étaient éparpillés sur le perron et jusque dans la cuisine. Le battant de la chatière était outrageusement remonté à son maximum, au point qu'elle dut forcer pour refermer. Et le pire n'était pas là ! Le sac avait été renversé et son contenu copieusement déversé. Ah, une fois après avoir réussi à forcer le passage, il s'était livré à une véritable bacchanale l'animal ! Il fallut balayer les croquettes et nettoyer le sol. C'en était trop, elle en faisait une affaire personnelle.

La journée se passa en échafaudages et considérations. Question de principe, elle ne voulait lâcher ou n'adapter en rien l'agencement de ses affaires. Paquet de croquettes il y avait, paquet de croquettes il resterait et nul n'avait le droit d'enfreindre la propriété pour y toucher. Le sac demeurerait donc dans la cuisine et ne bougerait pas d'un iota. La barrière de scotch s'était révélée insuffisante? Très bien! On recommencerait. L'épais rouleau gris fut sorti de nouveau et copieusement épandu. De gros traits horizontaux, verticaux, diagonaux vinrent barrer l'ouverture. Cela ne semblait toujours pas suffire. Elle n'allait tout de même pas sortir le marteau, les planches et les clous pour s'enfermer à l'intérieur! Il fallait une seconde ligne de défense, aussi la matinée se consuma-t-elle en âpres réflexions. Le déclic vint juste avant le déjeuner, et Mamie Joe commença de mettre des sacs de glaçons dans le congélateur. Puis elle alla farfouiller dans ses bassines. Un modèle en plastique beige d'approximativement trente centimètres de côté et aux anses fendues sembla lui convenir parfaitement.

Dans l'après-midi, Mamie Jo se recueillit sur la tombe de Tigrou. Sa disparition laissait un vide dans son cœur impossible à combler. Les mains jointes et comme en prière, elle lui marmonnait comme s'il eût été là à la comprendre:

— Sais-tu que le gros sac à puce est de sortie ces derniers jours? Ah mais tu vas voir, cette nuit je lui réserve une bonne leçon.

Elle eut quelques appels de ses voisines auxquels elle répondit distraitement: le cœur n'y était pas et elle se projetait déjà dans la soirée en perspective de la défense du territoire.

Après avoir dîné elle amorça les préparatifs. Elle fit couler un fond d'eau d'approximativement cinq centimètres dans la bassine qu'elle plaça en vis-à-vis de la chatière. Puis elle sortit un des sacs de glaçons du congélateur et en déversa le contenu dans le bac. Ceux-ci ne tarderaient pas à fondre, mais garderaient l'eau à une température froide et résolument hostile pour un bon bout de temps. Non content de s'escrimer à forcer l'ouverture bardée d'adhésif, l'animal se gèlerait les pattes dans une eau glacée. Faudrait-il qu'il soit fou furieux pour ne pas renoncer ! Un sentiment funeste l'envahit tout à coup, comme l'on peut succomber à contrecœur à quelque superstition. Elle ne laissa pas le sac de croquettes à même le sol, mais le jucha en haut de la cuisinière parmi les marmites et les casseroles. Passerait-il la ligne Maginot, ce qui était impossible en soi, qu'il n'oserait pas grimper jusque-là !

La veillée commença. Dans le séjour, Mamie Jo se versa un long trait de liqueur dans une flûte à champagne. Le contenant n'était peut-être pas des plus adaptés à la boisson, mais entre deux gorgées, elle aimait se perdre dans la considération des reflets ambrés au travers des arabesques du verre. La flûte faisait partie d'un lot de douze relégués au fond du buffet. Tout au plus en sortait-elle un spécimen pour les grandes occasions : Noël et réveillon, propices aux toasts solitaires. Personne ne passait plus le seuil de sa maison depuis des années. Elle eut un geste brusque et laissa tomber la flûte sur le carrelage. Il y eut un bruit cristallin comme les fragments argentés s'éparpillaient sur le sol et le liquide poisseux se répandit suivant les interstices des pavés. Il fallut donner un coup de balai puis passer la serpillière. Elle avait gagné la cuisine pour vider la balayette de son contenu dans la poubelle, lorsqu'une idée la prit, animant son regard d'une froide lueur. Elle ouvrit la porte de la cuisine et considéra la bassine qu'elle avait soigneusement positionnée. Les glaçons avaient déjà largement fondu et s'entrechoquaient doucement. C'était à échelle réduite une mer arctique, lugubre et inhospitalière. Elle prit une inspiration, et déversa le tas des éclats coupants dans le récipient.

Peut-être avait-elle forcé sur la dose d'alcool et la tête lui tournait un peu. Elle ne prit pas garde à la sourdre et lancinante douleur qui venait, toujours au niveau de sa hanche, lorsqu'elle monta à l'étage. Le sommeil ne fut pas long à venir. Elle s'y livra comme l'on s'enfonce dans un puits noir et profond dont la lumière peine à percer l'obscurité. Le même remue-ménage survint comme les nuits d'avant jusqu'à l'extraire de sa léthargie. Peut-être cela durait-il depuis un moment déjà mais un temps lui avait été nécessaire pour en prendre conscience. Le cadran luminescent du réveil indiquait une heure du matin. Ainsi le renégat osait-il s'attaquer de nouveau à la forteresse ? Elle se sentait lasse et flottait dans une semi-inconscience. Rêvait-elle ou les signes du tumulte étaient-ils ancrés dans la réalité ? Elle bredouilla.

— Est-ce que j'aurais dû ? Tant pis, il fallait bien cela pour lui apprendre.

Un miaulement plaintif retentit et s'étira un long instant avant que de mourir. Était-ce de la souffrance ou l'amertume de ne parvenir à ses fins ? Elle-même était trop bien enfoncée dans la voluptueuse prison de son lit pour s'en extirper. Elle s'abandonna pour s'engouffrer de nouveau dans le puits noir et profond. Elle verrait bien au petit matin.

*
* *

Dès l'escalier, Mamie Jo avait perçu quelque chose d'anormal. Le tapis du couloir était souillé. Elle considéra les tâches sans comprendre. Avait-elle renversé de la liqueur hier par mégarde à cet endroit ? Impossible. Elle inspecta de plus près et se sentit parcourue d'un tremblement nerveux. Les quatre petites pelotes bien perceptibles ne pouvaient laisser place à aucun doute. Il avait passé le barrage ! Qui plus est, il s'était aventuré hors de la cuisine dans le couloir du rez-de-chaussée ! Elle frissonna. Une pensée de mauvais augure l'avait parcourue un instant, sans qu'elle eût pu la formuler clairement. Et s'il était monté ? Allons bon, ce n'était qu'un chat. Elle continua prudemment son inspection, progressant à pas de loup vers la cuisine.

Le sac était dégringolé de la cuisinière et s'était ouvert sous le choc. Le contenu en était une nouvelle fois répandu dans la pièce, éparpillé aux quatre coins comme si le voleur avait redoublé de sauvagerie pour se venger des efforts que le larcin avait exigés. Or tout cela n'était rien à côté des traces. Mamie Jo étouffa un cri. Les petites pattes sanglantes étaient parties de la chatière d'où pendaient encore des lambeaux de scotch, montées sur les meubles et parmi les casseroles jusqu'au sac, puis redescendues sur le carrelage. Là l'animal semblait s'être adonné à une bacchanale, se vautrant parmi la nourriture jusqu'à en régurgiter une partie sous la table en un tas malodorant. Puis il était sorti pour gagner le couloir. Elle devina un bref passage dans le salon et le chemin en sens inverse jusqu'à la chatière. À l'extérieur, le bac était toujours à sa place. On devinait dans l'eau sale et rosâtre l'éclat brillant des fragments de verre.

— Ce n'est pas un chat, c'est un démon !

Mamie Jo ne pensa même pas à manger de la journée. Il fallut nettoyer. Elle était en proie à un sentiment mêlé de rage et d'incompréhension. Son Tigrou s'était naguère abîmé un coussinet et cela s'était révélé handicapant pour lui : il boitait, saignait abondamment et l'on voyait que cela lui faisait mal. Il avait fallu l'emmener chez le vétérinaire. De telles blessures étaient particulièrement invalidantes pour les félidés. Sûrement Bestiole s'était-il meurtri les pattes lorsqu'il essayait de rentrer. Son sang épandu partout où il était passé le prouvait bien assez. Jusqu'à quel point s'en trouvait-il affecté ? Il ne se trouverait personne pour l'emmener chez le vétérinaire. Encore eût-il fallu pouvoir l'approcher. Cela était-il douloureux ? Avait-il réalisé ce qu'il se passait lorsqu'il était les pattes plongées dans l'eau froide, à essayer d'arracher les bouts de scotch qui barraient l'entrée ? Avait-il pris conscience que les éclats avaient été déposés là à dessein, dans l'unique but de le blesser ? La promiscuité des chats pendant toutes ces années comme fidèles animaux de compagnie, lui avait appris que ceux-ci étaient animés d'une intelligence et d'une compréhension des choses qui dépassaient parfois l'entendement.

Puis la rage reprit le dessus. Il semblait que quoi qu'elle fît pour interdire l'accès, l'intrus passait outre pour mieux s'aventurer dans ce domaine qui lui était interdit. Il fallait pourtant bien qu'il comprenne, l'animal. Elle le forcerait à capituler. Elle le martyriserait tant qu'il fuirait les lieux pour ne plus jamais revenir. Elle le pourchasserait jusqu'à le faire disparaître. Il serait poursuivi, traqué, jusqu'à être expurgé du secteur.

Un miaulement sourd la fit s'arrêter. Elle tendit l'oreille. La pensée de Tigrou l'envahit par réflexe mais elle la chassa aussitôt. Celui-ci était mort et sous terre désormais. Elle gagna la fenêtre pour jeter un regard au-dehors. On devinait une silhouette sombre et massive tapie dans les hautes herbes du jardin. Le miaulement long et plaintif sonna de nouveau.

— Va-t'en, va-t'en sale animal !

Mamie Jo se boucha les oreilles pour se réfugier dans le salon : là, elle se sentait en sécurité. Installée du bout des fesses sur son fauteuil crapaud, elle osa de nouveau écouter attentivement. Elle réfléchit que la chatière n'était plus condamnée. Sûrement il n'allait pas oser, de plein jour et en sa présence… ? De là où elle était, elle scrutait un pan du couloir plongé dans une semi-pénombre, de l'escalier pour l'étage jusqu'à la porte de la salle de bain et au battant entre-ouvert du placard aux produits ménager. La porte vers la cuisine sortait de son champ de vision. Pris d'une idée subite, elle jaillit pour gagner le placard. Y étaient entreposés les balais, plumeaux, torchons et produits d'entretien, encaustiques, savons et contenants de produits chimiques. Elle se saisit d'une bouteille de soude caustique et d'un vaporisateur et s'engouffra dans la salle de bain. D'une main tremblante, elle dévissa le bouchon et remplit précipitamment le vaporisateur de liquide. Un mince filet lui dégoulina sur les doigts, lui piquant la peau. Bizarrement, elle ne rechigna pas à la douleur et se sentit au contraire ranimée d'un coup de fouet. Puis la brûlure s'accentua et elle fit la grimace. Elle se rinça à l'eau claire avant d'essuyer et de remiser la bouteille dans le placard.

Dans la cuisine, elle s'assit sur un tabouret placé en retrait à l'angle du plan de travail. Bestiole ne la verrait pas tout de suite en entrant, ce qui ne serait que de mineure importance, car elle savait que son instinct de félidé lui dicterait sa présence avant même que de passer la chatière. Oserait-il donc resquiller de nouveau ? L'horloge murale cliquetait au pas des secondes et Mamie Jo restait là sans bouger ni prêter d'attention au temps qui s'écoulait. Elle éprouvait le sentiment d'avoir vécu pour ce moment et aurait pu attendre une éternité. Rien désormais n'avait plus importance que cette confrontation et l'élimination radicale de l'intrus. Une fois passée, la vie pourrait reprendre son cours, calme et nonchalante comme au temps de Tigrou et peut-être un rien ennuyeuse. Seule la lumière changeante du jour qui passait par la fenêtre derrière elle lui donna conscience de la soirée qui approchait puis la nuit tomba. Elle était toujours prostrée sur le tabouret et l'index calé sur la gâchette du vaporisateur lorsque le bruit la sortit de sa torpeur. Les charnières de la chatière grincèrent comme l'animal passait la tête, humant l'air et dardant un regard inquisiteur à l'intérieur. Il hésita un instant. Ses déboires cuisants des jours passés conféraient à l'endroit un caractère résolument malsain, et il redoutait quelque nouveau traquenard. La perspective d'un nouveau festin aux dépens de l'occupant, du pillage et de la ripaille devait l'allécher néanmoins outre raison et il franchit la chatière d'un bond pour se réceptionner maladroitement sur le carrelage de la cuisine. Sans doute ses blessures de la veille l'handicapaient-elles et le faisaient souffrir. Mamie Jo bondit et pulvérisa à toute volée en direction de l'animal. En une fraction de seconde le chat poussa un feulement furieux et outré et battit retraite mais trop tard, il était déjà aspergé de toute part et de grandes giclées lui parcouraient la tête, le pelage et jusqu'au bout de la queue. Il sortit tel un boulet de canon, suivi de près par Mamie Jo qui ouvrit la porte à toute volée et lui criait sus. Elle continuait d'expédier de grands jets du flacon, dézinguant tout alentour, mais déjà la silhouette massive avait gagné la haie de thuyas du fond du jardin se mettant définitivement à l'abri.

Elle rentra, tout éberluée telle le soldat qui a survécu à la bataille et ne réalise qu'après ce qui s'est passé. Qu'est-ce qu'elle lui avait mis ! Elle se servit une grande rasade de liqueur, mais n'éprouva pas le plaisir qu'elle aurait pu attendre de l'alcool fruité. Ce n'était pas une célébration, la chose s'était passée, voilà tout. Elle but le verre d'un trait. Dans les ténèbres de la nuit, le miaulement retentit. Elle qui appréciait la compagnie de chats depuis des années n'avait jamais rien entendu de tel. Cela commençait en un son grave, montait vers les aigus avant que de redescendre longuement pour terminer en un râle. Il y avait une pause, comme s'il reprenait souffle ou comme s'il méditait sur son propre tourment. Souffrait-il ? Assurément. Mamie Jo l'avait certes copieusement arrosé, mais elle doutait que cela lui fût fatal. En revanche peut-être allait-il se lécher par réflexe et s'empoisonner progressivement du produit chimique ? Elle l'imaginait se roulant dans les brindilles de la haie, haletant et la langue pendante. Non content de lui brûler le pelage, la soude lui dévorerait le visage, la gueule, la langue puis la gorge jusqu'à l'œsophage. Combien de temps agoniserait-il ? Elle sortit d'épais gants de jardinage qui remontaient jusqu'au coude et un sac-poubelle en prévision du lendemain.

Les miaulements se poursuivaient, ponctués de crachotements, lorsqu'elle monta se coucher. Elle se sentait vannée et fatiguée de n'avoir rien mangé de la journée. Elle n'avait plus l'énergie de rien. Également et sans qu'elle se l'avouât, il lui semblait malséant de se nourrir tant que l'autre continuait de geindre. Elle se sustenterait le lendemain et se requinquerait. Le lendemain, la routine d'une vie normale recommencerait. À trois heures du matin, elle réalisa que le silence avait enveloppé la nuit.

— J'espère que tu as crevé, sale animal.

*

* *

Marie Jo ouvrit les yeux avec les premières lueurs du jour. Taraudée par une faim de loup, elle s'adonna à un petit-déjeuner revigorant, agrémenté de tartines de pain grillé. De sa vieille fourchette elle assura chaque fois un étroit contrôle de la cuisson du gril pour un résultat très satisfaisant. Elle en profita pour procéder à l'inventaire de ses pots de miel et de confiture, et se régala. Elle se trouvait heureuse, pleine d'optimisme, et consciente de reprendre le contrôle d'une existence normale. Sa lutte contre le chat renégat lui paraissait déjà lointaine et tout était décidément bien terminé. Manifestation de bonne humeur s'il en était, ce fut elle qui téléphona à ses voisines ce jour-là alors qu'elle attendait usuellement qu'on l'appelât. Les discussions à bâtons rompus s'enchaînèrent sur les dernières actualités, la vie du quartier et le prix de la viande. L'idée de reprendre un chat pour lui tenir compagnie commença de s'insinuer en elle. Elle profita du temps ensoleillé pour aller faire ses courses à la petite supérette du coin. On lui fit remarquer que cela faisait quelques jours qu'on ne l'avait pas vue et qu'elle avait bonne mine, et elle eut un petit sourire contrit. Une partie des courses fut remisée à la cave tandis qu'elle rangeait le reste sur les étagères de la cuisine.

Ce fut à cette occasion et à la merci d'un tabouret branlant sur lequel elle était venue se jucher, qu'elle perdit l'équilibre pour dégringoler à terre. Elle réprima un grognement lorsque la douleur, fulgurante, la saisit. Elle avait dû se casser quelque chose. Qui plus est, elle s'était éraflée en tombant et un filet de sang poisseux lui coulait depuis la tempe sur la joue pour goutter jusqu'au sol. Elle essaya de se relever, mais la douleur le lui interdisait. À la force des bras, elle rampa pour agripper un torchon suspendu au coin de la table et s'en essuyer le visage. Il fallait gagner le téléphone pour appeler à l'aide. Combien y avait-il de mètres. Huit ? Neuf ? Les yeux écarquillés, elle s'avisa de l'obstacle redoutable qui se présentait devant elle. Il faudrait réussir à ouvrir la porte de la cuisine qui était fermée pour rejoindre le couloir. Quelle ironie c'était, de se trouver à la merci d'un si trivial détail de la vie courante – et cette porte, qui d'ordinaire restait toujours ouverte, quelle mouche l'avait piquée pour qu'elle l'eût ce jour-ci refermée ? Encore fallait-il espérer qu'elle ne soit pas totalement close et qu'elle puisse l'entrebâiller. Elle rampa comme un animal jusqu'à l'embrasure et tenta de glisser les doigts dans l'interstice, grattant de ses ongles, mais le pêne de la serrure était bien enclenché. Il eut fallu se hisser jusqu'à la poignée pour ouvrir. Elle tenta de nouveau de se dresser mais retomba tout aussitôt. La douleur diffuse, s'était installée et ne la quittait plus. C'était comme une petite voix mordante insinuée en elle qui lui persiflait : « regarde, tu dois compter avec moi désormais ».

Elle fut prise d'un hoquet de rage. Quelle situation ridicule ! Il lui fallait absolument ouvrir cette porte, atteindre la poignée par quelque ustensile. Elle considéra la table et les étagères de la cuisinière. Comme tout lui semblait loin et distant de là où elle était ! Las ! Les moindres rouleaux à pâtisserie, spatules ou cuillers en bois se trouvaient hors de portée et la narguaient comme autant d'éléments hostiles à son infirmité. Elle leva les yeux vers l'horloge murale. Les cinq heures du soir approchaient et dehors la lumière du jour se tamisait peu à peu. Elle aurait voulu que le temps suspende son vol et que le monde s'arrête de tourner autour d'elle, eu égard à sa vie et à sa douleur, mais non, tout continuait comme à l'habitude, les minutes s'égrenaient de leur tic-tac insignifiant et elle distinguait les voitures passer dans la rue. Chacun continuait son chemin affublé de ses œillères et sans prendre garde aux tourments de ses semblables. Elle appela à l'aide. Elle criait à tue-tête et s'époumonait avant que d'écouter. Or nul ne semblait prêter attention, nul ralentissement perceptible dans la rue. La petite voix au fond d'elle-même ricanait que cela ne servait à rien : qui l'entendrait ?

Elle gratta de nouveau le rebord de la porte, essayant de la tirer à elle jusqu'à se faire mal aux ongles mais l'ouverture était décidément impossible. Sa hanche était douloureuse. Il faudrait prendre son mal en patience et attendre le lendemain. Enfin ! Il se trouverait bien quelque voisine pour l'appeler et s'étonner de sa non-réponse, ou quelque commerçant s'interroger de ne plus la voir ? L'obscurité enrobait la pièce. Elle se cala sur le carrelage et ferma les yeux. Là, couchée sur le froid du carrelage, les mains jointes sur le ventre elle prenait conscience de chacune de ses respirations. Elle apprivoisait lentement la douleur qui devenait languissante. Elle était presque bien. Un bruit dans la cuisine lui fit tout à coup dresser l'oreille : les charnières de la chatière se mirent à grincer.

Elle tourna la tête et n'en crut pas ses yeux. Bestiole se tenait à l'entrée. Était-ce seulement un chat, pour refuser de crever de la sorte ? La lueur ténue des réverbères dehors parvenait jusque dans la pièce et dissipait en partie la pénombre, révélant sa silhouette sombre et massive. Mamie Jo, couchée, le trouva gigantesque. Il avança vers elle d'un pas claudicant et pesant. Elle ne l'avait jamais vu d'aussi près. Elle remarqua inconsciemment que son poil, naguère gris zébré de noir, était moucheté d'un blanc sale. Une grosse tache lui recouvrait la moitié de la tête laissant l'œil qui s'y trouvait éteint et d'un aspect laiteux. Par contraste, l'autre œil, la pupille dilatée, brillait d'une vivacité fébrile. Ses babines atrophiées et brûlées dévoilaient ses canines jaunâtres. Il la considérait, les oreilles dressées et la queue battant l'air. Un sifflement sortit de sa gorge et resta longtemps dans l'air avant que de mourir. Elle n'avait jamais rien entendu de la sorte et sentit une sueur froide la saisir. Comme par défi et pour se donner courage, elle lui cracha au visage :

— Qu'est-ce que tu es moche !

La petite voix mordante et persiflante au fond d'elle-même lui disait qu'il fallait avoir peur. Il était là devant elle, presque à la toucher, l'œil vaillant qui lui restait plongé dans ses yeux à elle, et son autre œil laiteux perdu dans la contemplation d'un ailleurs. Il était si proche désormais qu'elle sentit son haleine fiévreuse, qui empestait la charogne et la mort.

Wei

Nous nous sommes connus il y a dix ans. Pouvions-nous deviner quel serait notre amour, ce moment où nous nous sommes vus la première fois, et ce que nous traverserions ? Petite Wei, tu m'as dit que nous étions faits l'un pour l'autre et que tu m'attendrais.

Te souviens-tu des heures que je passais à t'attendre, lorsqu'enfin la journée de ton bureau se terminait et que nous disparaissions dans la moiteur de la nuit ? Y a-t-il plus beau dans l'amour que cette attente, cette somnolence repue de fatigue jusqu'à percevoir ton pas discret ? À ton approche, mes sens s'emballaient. Je me souviens ton sourire dissimulé que tu ne pouvais retenir, car tu étais heureuse et flattée que je t'eusse attendu.

Cette période idyllique devait s'achever. Je devais rentrer dans mon pays car c'est là que l'on m'y appelait. Je t'ai promis que je reviendrais, que je serais âpre à la tâche pour que nous puissions vivre ensemble et fonder un foyer.

Tu m'écrivais et par les messages que nous échangions nous caressions nos âmes. J'aimais à relire tes phrases, devinant tes petites joies, tes attentes et tracas et en retour je t'exprimais les miens.

Les années passaient et nous échangions et rêvions ensemble parmi les étoiles. Car tu étais mon but, notre projet d'une vie commune auquel je dédiais chaque instant et l'effort de ma vie. Amour tu étais mon astre, et la clarté qui illuminait chaque jour de mon existence toutes ces années.

Tu m'as envoyé l'an dernier ce message me disant que tu étais enceinte. De qui ? Je ne savais. Était-ce seulement important ? Le monde autour de moi s'est écroulé.

Des semaines je n'ai pas voulu le croire, jusqu'à ce qu'à ma demande, tu m'envoies cette photo de toi et de ton ventre arrondi.

De quel amour était-il le fruit ? Combien de temps durait cette relation et pourquoi me l'avoir tue ? Quelle était ma faute ? J'ai oscillé des mois entre le déni, la rage, l'espoir et le désespoir.

La folie me guettait de par mes nuits blanches, et j'ai voulu vider et purger mon âme meurtrie.

*

* *

Que n'ai-je fait en cette période de désespoir ?

L'alcool calmait un temps les affres de mon esprit, pour le replonger de plus belle dans une confuse et douloureuse noirceur. Je me souviens de ces soirées que je passais avachi sur la banquette arrière de ma voiture, garé je ne savais où, près de ponts d'où je voyais les voitures passer à la lumière blafarde des réverbères. Les sens embués par l'alcool, je considérais ces véhicules comme autant de présences amicales et diffuses qui m'échappaient néanmoins l'une après l'autre pour s'engouffrer dans la nuit et m'abandonner à ma solitude.

J'eusse pu me tuer, mais cela eût été renier ton amour. Chaque instant que je vivais, je continuais de le vivre pour toi et dans l'attente et le secret et infime espoir que ton amour me revienne. Abandonner la vie eût été t'abandonner à jamais et sombrer dans le néant. À quoi bon ?

Plutôt que dans l'alcool, j'ai trouvé ma quiétude dans l'exercice et la douleur physique. Quelle ironie, moi le petit ours naguère bonhomme aux traits arrondis et en surcharge pondérale, qui ne pouvait courir sans s'écrouler tout souffletant en un instant.

J'ai appris à focaliser mon esprit par l'entraînement et la souffrance pour retrouver un repos relatif. Je m'abrutissais dans l'effort jusqu'à ce que le corps me lâche et que je tombe de fatigue. Je courais à en perdre haleine, guettant le moment où ce cœur qui me faisait souffrir, s'emballait et battait à tout rompre. Chaque mouvement, chaque seconde où les gouttes perlaient de mon front pour noyer la terre, je maudissais ce corps qui me faisait mal et je le tourmentais et me vengeais de lui pour à la fin m'écrouler, épuisé, et ne plus réfléchir. Je courais, nageais, étirais et pliais les membres, traînant mes courbatures et meurtrissures d'un jour à l'autre comme autant de blessures de guerre.

Autour de moi l'on s'étonnait de ma transformation, de mon corps modelé et plus souple, des muscles noueux qui épaississaient ma silhouette. Je n'en éprouvais aucune satisfaction ni fierté, mais observais tout cela avec détachement, mon esprit restant la proie des éclairs d'une rage froide. Je cessais parfois de lutter, et sombrais pour quelques jours, ballotté au gré des courants ténébreux d'une rancœur glacée avant que de retrouver souffle et prendre une goulée d'air.

En ces moments où je retrouvais la pleine conscience de moi-même, je décidai d'évacuer ton souvenir et de le chasser de moi.

J'avais naguère été intrigué par ces récits des princes aux amours contrariés et dans les bras desquels on glissait de ravissantes intrigantes pour les faire oublier. Ainsi avait-on su panser les plaies de leur cœur, et les détourner d'un l'amour innocent que leur édictaient leurs penchants naturels. À ces récits, comme faible et superficiel me paraissait leur amour.

J'entrepris pourtant de faire pareil. Je ne pouvais bien sûr attendre de croiser la belle intrigante au hasard d'une rencontre de mon pesant quotidien. Il me fallait purger ce cœur meurtri, le laver à grande eau. Il me fallait me gaver comme on gave les oies.

À cet effet, je m'inscrivis sur un site de rencontres. C'était un montage audacieux d'options multiples et complémentaires toutes plus ou moins payantes. Envoyer des messages : payant. Pouvoir lire les messages en réponse : payant de nouveau. Je n'en avais cure et pris toutes les options et tarifs possibles. Là, c'est un véritable catalogue de personnes aux profils variés qui s'offrait. Un simple clic suffisait à circuler de visage en visage. Au début, je pris le temps, lisant les descriptions, l'énumération des qualités, des défauts, les hobbies, les aspirations, m'arrêtant au moindre détail. Puis devant la quantité pléthorique de ces milliers d'aspirantes à l'amour, bientôt le pli est pris, l'on va de plus en plus vite, et une fraction de seconde suffit à retenir telle une ou écarter telle autre.

Je me créai un profil tout à la fois anodin et policé. J'y rajoutais quelques photos de moi sous mon meilleur jour, la scène de paysages où je n'étais jamais allé, et quelques citations prises au hasard. Puis je plongeai dans cet inconnu.

*
* *

C'est sur le parking de la Place d'Armes de Versailles qu'Amy et moi nous sommes rencontrés pour la première fois. J'étais un peu réticent, mais tout cela lui semblait naturel et cela m'a rassuré et nous avons brisé la glace. Traversant les avenues larges et désolées, nous sommes allés dîner dans un restaurant non loin. J'avais choisi un endroit de standing, expression de ma courtoisie envers mon invitée, sans sombrer dans un luxe ostentatoire qui aurait été source d'inconfort. Nous étudiâmes la carte. Je trouvais son choix vulgaire, me rabattis sur le poisson proposé, et m'agaçai qu'elle commande une multitude de plats sans jamais terminer son assiette. Tout le long du dîner nous échangeâmes des futilités sans révéler le fond de nos cœurs.

Nous sortîmes et dans le noir elle me prit la main. C'était l'hiver et un vent froid soufflait. Nous nous serrâmes avant que de nous quitter, comme deux îlots de solitude que la mer finit de séparer au gré de ses humeurs et de la marée.

Nous nous revîmes plusieurs fois. Elle m'expliqua sa dure condition de femme, sa solitude et sa recherche d'un « amoureux » comme elle le disait, et tout en même temps sa défiance à l'égard de nous les hommes qui ne guettions que les aventures et les plaisirs sans lendemain. Je savais que mes réponses à toutes les questions qu'elle me posait ne lui étaient pas toujours satisfaisantes et la laissaient dans le doute. Or elle me rassurait et cherchait peut-être à se rassurer elle-même, m'affirmant qu'elle aimait le sérieux de mes propos et qu'elle croyait que je n'étais pas qu'un homme en quête de plaisirs. Elle m'exprimait ses doutes et c'était pour mieux s'accrocher à moi. Comme elle disait, nous nous enlacions, et je retrouvai le soir en me couchant le parfum de ses mains sur les miennes.

Petite Wei, j'étais heureux, car le temps et l'attention que je mobilisais à capter Amy me faisaient te reléguer dans les tréfonds de mon cœur meurtri. Elle m'appelait souvent, ou quand elle ne parvenait pas à me joindre, m'inondait de messages.

Nous nous rendîmes une fois au cinéma. La sélection du film à voir ensemble fait partie de la corvée de tout rendez-vous amoureux et de ces « premières fois », où chacun guette et observe l'autre, ses choix et ses réactions. Je proposai une comédie française consensuelle aux doux relents politiquement corrects. Elle préféra un film policier américain, aux acteurs musculeux et au déroulement prévisible, et une nouvelle fois, je la trouvais vulgaire et commune dans ses choix. Il y avait peu de spectateurs et nous nous installâmes résolument sur le côté. Une fois l'obscurité gagnée, nos mains se rejoignirent puis elle me guida et je découvris sous mes doigts le grain de sa peau et son intimité. Elle était fière d'une beauté animale et sauvage qu'elle m'exhiba et je m'en abreuvai.

Ah petite Wei, si tu me voyais et ce que j'ai fait. Me pardonnes-tu ? Je ne l'ai fait que pour me venger de toi car ton amour me fait souffrir. C'est de ta faute un peu, aussi.

*

* *

Petite Wei, je t'avais reléguée dans les tréfonds de mon cœur, mais tu revenais à la charge, me rappelant que tu étais là et que l'on n'écarte pas impunément ce à quoi l'on a consacré chaque instant de sa vie pendant des années.

Ma rechute fut terrible et je ne dormis pas de la nuit. Je t'envoyai message sur message, t'exprimant mon âcre douleur, avant que de te réaffirmer mon amour quoi qu'il fût arrivé.

Tu m'écrivis, m'informant que le bébé était né, que tout le monde allait bien, que je ne m'inquiète de rien. Ton message me rassura et me fit du bien. Tu me demandas de mes nouvelles, et je te répondis que ces quelques mots simples que tu m'avais adressés suffisaient à me rendre heureux et redonner du sens à ma vie. J'essayai moi-même de m'en convaincre or dès le lendemain, c'est une âpre rancœur qui reprit le dessus pour ronger mon quotidien. Je n'avais pas saisi s'il s'agissait d'une fille ou d'un garçon, et cette simple question suffit à me replonger dans mes affreux tourments.

Les jours passèrent, puis je retournai sur le site. Je me sentais déjà plus habile, j'avais trouvé le pli. Ou peut-être était-ce les tabous de l'inhibition qui avaient sauté. Je ne choisissais plus qu'à peine mes interlocutrices, les critères physiques, le niveau d'études, l'âge n'avaient plus de limites. Je chassais dans un territoire dont les limites géographiques s'étendaient. J'inondais mes interlocutrices de messages, patientant que de temps à autre, l'une d'elles appâtée répondit. J'étais passé d'une pêche au détail à une pêche au gros, remontant tout ce que je trouvais jusqu'aux coquilles et à la vase.

Je m'abandonnais tout en même temps à mon travail pour me perdre dans les colonnes de chiffres des écrans gris. Je m'abîmais des heures et des jours, et mon esprit monopolisé par ces tâches futiles ne divaguait plus. Mon téléphone vibrait des nombreux messages qui s'accumulaient et dans ces brefs instants où la panique me ressaisissait, j'en assurais un traitement frénétique choisissant et aguichant mes futures partenaires.

Le premier contact, le premier rendez-vous n'était pas toujours probant. Je gardais les traces, les coordonnées, les informations, notant tout scrupuleusement avant que de revenir courtoisement à la charge après quelques semaines ou mois. Je m'enquérais de leur santé, si elles avaient trouvé le bonheur depuis notre rencontre, les souhaitant heureuses. Et certaines, qui naguère avaient su passer au travers des mailles du filet, finissaient de se faire attraper.

Comme je raclai ces bas-fonds, je pus considérer les tréfonds de la misère humaine. Pour tous ces gens qui cherchent à s'en rendre malades, conscients ou qu'ils ne veulent pas l'admettre, il est une déchirure en eux.

*

* *

Flore avait le visage bouffi des drogues et médicaments qu'elle devait prendre et les vaisseaux sanguins dilatés sur les joues et le contour des yeux. Je trouvais peu élégant qu'elle ne se fût pas maquillée. Son œil gauche clignait de façon intempestive, signe d'un trouble nerveux, d'une dégénérescence, et que son corps la lâchait petit à petit. Je l'étudiai avec une froideur clinique, comme elle soliloquait, détaillant son parcours.

Elle m'expliqua son dur travail de nuit dans le centre hospitalier de Créteil, où la fatigue conjuguée au rythme familial imposé par deux jeunes enfants avait fini par lui causer un accident et une sortie de route qui lui avait presque été fatale. Elle s'était dès lors enfoncée dans une dépression qui ne l'avait plus quittée et la garde des enfants qu'on lui avait retirée.

Elle avait voulu prendre un nouveau départ, repartir de zéro. Elle avait entrepris de changer de secteur professionnel, suivi des formations, mais on n'embauchait pas de débutantes de son âge, on préférait les jeunettes. Elle frappait de porte en porte en quête de l'entreprise qui l'accepterait, et ne trouvait nulle part où on l'acceptât. Comme elle me racontait tout cela je l'écoutais, l'encourageant dans ses confidences en hochant la tête.

Nous dînâmes d'un repas léger au bord de la Seine. J'appréciai la salade de fruits. Le repas terminé, nous nous promenâmes sur le chemin de halage, jusqu'à trouver un recoin calme et sombre où épancher nos âmes et nos corps.

L'acte que j'ai fait ce soir est acte de charité pour cette pauvre créature. Revenu chez moi je trouvai le repos pour quelques jours, mes sens et mon âme tortueuse apaisée.

Je me revois brièvement oublieux et rasséréné, prenant l'air sur le balcon de mon appartement, et surplombant le parking des étages en dessous. Je me rappelle observer le manège des gens comme autant de petites marionnettes et caricature du théâtre de la vie. Un couple revenant d'un dîner entre amis avec leur enfant en bas âge se déchirait dès leur descente de voiture. Le père débraillé invectivait la mère avec force gesticulations tandis que celle-ci, moulée dans sa robe pailletée, serrait l'enfant contre elle, et je la devinais de loin fulminer de rage. Ils me semblaient méprisables dans leur plate et prosaïque existence, tandis que je les détaillais avec condescendance. Conscient de ma supériorité et me sachant détenteur de connaissances impropres au commun de mes semblables, je humai l'air de la nuit et plongeai mes yeux dans les étoiles.

*

* *

J'étais rapidement la proie de sinistres rechutes, et tout à la fois avide de ne plus céder aux sirènes de mon esprit désemparé. Je tentai de m'aliéner et me désincarner en consacrant chaque instant conscient de mes journées à mes activités professionnelles. Je m'adonnai à la tâche jusqu'à me déshumaniser. J'exerçai une belle performance et obtins de beaux résultats. Partout autour de moi l'on me félicitait or je devinais l'éclat inquiet dans les yeux de ceux qui me congratulaient, qu'une telle dévotion à la tâche n'était pas la norme et que je devais souffrir de quelque altération de mon comportement. Mon manager me convoqua en entretien pour s'enquérir de mes excès de zèle et je m'attachai à le rassurer que je me portais bien. L'onde guettait cependant et la moindre seconde d'inattention sapait des pans entiers de mes murailles de sable. Mon esprit harponné par ton souvenir s'engouffrait de nouveau dans la fange et je m'y vautrais avec une avidité maladive.

Crois-tu que je rencontrai toutes ces femmes pour simplement assouvir mes passions bestiales ? Tu sais qu'il n'en est rien, car tu me connais et tu me comprends. Tu sais qu'à chaque fois je le faisais pour t'oublier et te punir comme je me punissais moi-même. Tel était mon purgatoire et la souffrance que je m'infligeais pour ne pas souffrir encore d'avantage à me morfondre dans ton souvenir. Preuve s'il en est que ce n'était pas pure débauche qui m'animait, de toutes ces femmes que je rencontrais il en est une sur laquelle je n'exerçai pas mes vils instincts.

Je l'avais pêchée comme toutes les autres, enchaînant les quelques messages sur internet, l'échange des coordonnées puis la première rencontre. Il avait été difficile de fixer le rendez-vous, occupée qu'elle était à jongler entre ses impératifs professionnels et ses horaires à rallonge et la garde de ses enfants. Nous avions convenu de faire connaissance par une belle après-midi à l'occasion d'une promenade sur un sentier de randonnée des Yvelines. Le chemin sinueux longeait d'un côté l'orée d'une forêt, et de l'autre s'étalaient des champs inondés de lumière. Comme nous progressions elle me racontait sa vie comme toutes les autres, et je lui répondais. J'étais tellement habitué de mon numéro que je savais improviser désormais, brodais par jeu sur les détails et ne ressortant jamais mêmes plats et assaisonnement à chaque convive.

Après des kilomètres à battre de nos semelles la poussière du chemin, nous nous assîmes à un banc aux lattes distendues et profitâmes pour étirer les muscles de nos jambes. Il n'y avait pas en elle cette quête craintive et maladive à rencontrer un homme et je ne décelai pas cette blessure enfouie ni cette déchirure comme pour toutes les autres. Je la dévisageai. Elle avait la quarantaine et son visage encadré de boucles brunes était marqué de deux rides aux coins des lèvres. Elle portait une petite chaîne dorée au cou agrémentée d'une croix grecque. Je lui demandai si elle croyait en Dieu. Elle me répondit qu'elle bénissait chaque jour qu'il faisait dans ses joies comme dans ses peines, et je compris que c'est exactement ce qu'elle incarnait : le consentement serein d'une fatalité dont elle était le jouet.

Je la trouvai pathétique et trop innocente pour vouloir rester plus avant avec elle et qu'elle trouva en moi l'expression de son malheur. Sur le parking de la forêt, comme nous retrouvions nos voitures, elle m'adressa un hésitant « à bientôt, j'espère » — et je la laissai là sans me retourner.

*

* *

Le temps passa et je pansai les blessures de mon cœur meurtri. Comme j'étais un soir sur le trajet du retour de mon travail, et ma voiture bloquée dans les embouteillages, j'interceptai les bribes d'information à la radio. Un orage s'éveillait au même moment dans l'azur et de lourdes gouttes commençaient de marteler le pare-brise m'obligeant à monter le son.

On avait découvert les restes calcinés d'une femme dans le bois de Verrières. Les expertises étaient en cours, mais l'identification était rendue difficile par les outrages et mutilations subies par la victime. La police faisait le lien avec une série de disparitions de femmes depuis l'année dernière dans la région parisienne.

Le plafond opaque et lourd des nuages traversé d'éclairs déversait tout ce qu'il pouvait et le ballet lancinant des essuie-glaces me plongeait dans d'âpres réflexions. J'espérai que le bulletin sordide, bientôt relayé en boucle par tous les médias, n'allait pas affecter mes activités. J'imaginais chacun derrière son écran redoubler de prudence — sans doute ne serait-il plus aussi aisé de s'abreuver de rencontres désormais. Comme le drogué qui manque de son poison, la perspective que ma conscience désœuvrée renouât avec Wei me donnait des sueurs froides.

*

* *

Du haut de mon balcon j'ai aperçu le lendemain les deux policiers remonter la rue puis longer le parking de l'immeuble. Je les ai vus pointer discrètement en ma direction et leurs lèvres bouger. Je savais pourquoi ils venaient. J'eus le temps de les observer un moment sans qu'ils s'en rendent compte. Le premier était vieux et légèrement voûté et je devinais sa moustache grise tachée de nicotine, je le trouvai en mauvais état. L'autre était plus jeune et le corps engoncé dans un T-shirt moulant, tout gonflé des séances de musculation. Peut-être était-ce pour lui une façon d'occuper l'espace et de s'affranchir d'un relatif manque de confiance en lui, et je le considérai avec mansuétude. J'aurais de toute façon l'occasion de les connaître d'ici à quelques minutes.

J'avais un temps considéré me montrer menaçant pour qu'ils tirent et me tuent. Mais là encore, c'eût été me détourner de ton amour et de l'infime et secret espoir qu'un jour celui-ci me revienne. Je garde cet espoir que tu réalises que tout cela est le fruit de mes sentiments pour toi, et que tu auras pitié de moi. D'ici à un instant, ils sonneront à la porte et je me présenterai à eux. Je leur avouerai tout, toutes ces femmes que j'ai assassinées. Je ne leur expliquerai pas, car ils ne comprendraient pas. Qui peut comprendre et saisir la substance d'un amour qui lui est étranger ?

Je resterai dans cette prison où ils me jetteront et peut-être un jour porteras-tu ton regard sur moi. Alors mon cœur exultera.

Oh, petite Wei, vois-tu comment je t'aime ?

P.I.A.

Calée dans un fauteuil défraîchi, Sarah sirotait le café qu'un auxiliaire lui avait donné. Le goût en était flotteux, mais il lui paraissait agréable de sentir dans ses paumes la chaleur de la boisson au travers du mug de céramique. Du haut de la haute tour de contrôle désaffectée aux vitres poisseuses, elle guettait les premiers rayons du soleil par-delà les montages, au loin. Le spectacle était d'une beauté saisissante. Le silence était juste troublé du ronronnement des ventilateurs, qui peinaient à atténuer l'effet de la chaleur environnante. Il régnait dans la salle une légère odeur de moisi entretenu par l'humidité ambiante. Moiteur tropicale.

Les technologies actuelles auraient permis d'assister à l'opération à distance par écrans interposés, or Sarah avait insisté pour venir et constater de ses propres yeux la réalité du terrain, être au côté des équipes, des mécaniciens, des programmeurs comme des médecins légistes. Pour voir comme pour se faire voir. Sa force de caractère la faisait reconnaître au sein de l'organisation et tracer une carrière rapide telle une étoile filante. Elle savait jouer de sa jeunesse, de sa beauté et de son charisme naturel comme de son intelligence hors du commun pour se démarquer des autres.

À ces petites heures du matin, elle savait qu'elle était en déficit de sommeil et sentait ses sens s'appesantir. Réprimant un bâillement, elle ferma les yeux un instant. Elle se remémora le trajet du taxi qui était venu la chercher la veille en région parisienne pour la conduire à l'aéroport. Elle était coutumière des allées et venues, des voyages incessants, avion, train, taxi en un perpétuel mouvement.

Le sourire du chauffeur de ce trajet de la veille ne pouvait sortir de sa mémoire. Elle n'avait pu s'empêcher de promener les yeux sur son visage juvénile, sa nuque musculeuse, redescendant des larges épaules jusqu'aux mains vigoureuses qui ceignaient le volant comme il conduisait. Leurs regards s'étaient croisés dans le rétroviseur. Il avait esquissé un sourire et elle l'avait invitée du regard. Arrivés à destination, il lui avait laissé sa carte, sur laquelle il avait noté son prénom : « Clem », et son numéro personnel. Elle glissa la main dans la poche de son pantalon et y retrouva le petit carré de carton, dont elle joua machinalement à corner et plier un des coins.

Son regard s'arrêta sur le terrain en contrebas de la tour. Dans l'enclos ceint de tôles ondulées et rouillées, des formes semblaient se mouvoir subrepticement. À côté, le ruban de macadam défraîchi sur lequel venaient naguère se poser les avions s'étirait sur un kilomètre, puis c'était un terrain vague aménagé à dessein et des friches à perte de vue. De part et d'autre, des barrières électrifiées avaient été dressées tout le long de la piste puis du terrain jusque sur deux kilomètres. Au bout de ce corridor, une forme figée, cube de métal kaki à peine discernable à cette distance, semblait garder la sortie. Elle se saisit de la paire de jumelles militaires qui traînait sur un bureau pour observer au loin plus commodément.

*

* *

À l'intérieur de l'enclos, les vingt prisonniers gagnés par l'optimisme du nouveau jour commençaient de s'animer. Ils avaient été comme tant d'autres l'objet des purges qui étaient régulièrement effectuées dans l'armée, selon les sautes d'humeur du pouvoir dictatorial en place. Reclus des jours déjà, ils avaient été la proie de la sidération, brinquebalés d'un endroit à l'autre pour terminer la veille en ce lieu. Quelque chose leur disait qu'une issue était proche. Ils avaient vu le gros camion passer pour aller s'arrêter tout au bout du terrain, puis les voitures de staff techniques et de personnalités. Des Blancs étaient parmi les arrivants. Cela n'était pas l'audience que l'on attendait usuellement pour une exécution et ils éprouvaient un bref et temporaire soulagement de se voir accorder un sursis.

Comme les autres, Samba attendait. Rompu par la fatigue, il avait cédé la nuit à l'épuisement pour s'endormir par intermittence à la faveur de l'obscurité. Son sommeil avait été troublé de quelques visions fugitives, sa femme, la peur de disparaître, la peur de laisser ses enfants seuls et ce qui leur arriverait dès lors qu'il ne serait plus là pour veiller sur eux. L'aube diaphane l'avait laissé dans un état apathique et un goût de mort dans la bouche. Le bruit de la chaîne qui ceignait les vantaux de l'entrée le tira de sa torpeur. Les grilles s'ouvrirent. Un colosse en débardeur, pantalon treillis et rangers d'un noir luisant les tira un à un au-dehors. Là, quatre automitrailleuses, les canons braqués sur eux, bloquaient toute sortie sur les côtés.

— Vous allez prendre ce qu'il y a sur les tables et marcher devant sur la piste. Ceux qui iront au bout du terrain auront la vie sauve.

Ils avancèrent prudemment, serrés les uns contre les autres, comme si cela eut pu les protéger. Sur les tables, Samba reconnut les armes, des fusils-mitrailleurs de différents modèles, des munitions et même des chapelets de grenades et un lance-roquette M72. Ils se regardèrent, flairant le piège et de confus murmures circulèrent. On allait les laisser se saisir d'armes factices, chargées à blanc, puis les exécuter à bout portant et leur mort théâtralisée serait diffusée dans les journaux et sur les chaînes de télévision pour servir la propagande du gouvernement.

— Vous pourrez essayer les armes sur le terrain devant vous, à partir des marques blanches. Tout contrevenant sera exécuté sur place instantanément.

Samba considéra hébété le colosse qui continuait de débiter et répéter ces mots. Celui-ci hurlait et vociférait, chacun de ses ordres, exigeant la plus prompte et stricte application. Quelle marque blanche ? Il finit par comprendre : plus loin sur la voie de bitume qui filait devant eux, une ligne de peinture avait été tracée. Cela ressemblait à la ligne de départ d'une course, quelque chose clochait et il ne comprenait rien de ce qui se passait. Il jeta un regard derrière lui et les canons noirs des automitrailleuses, prêts à cracher la mort, barraient toute issue. Il se saisit d'un M16, enclencha un chargeur, puis fourra deux chargeurs de rechange dans une de ses poches et deux grenades offensives dans l'autre. Il perçut comme dans un rêve les exclamations et le brouhaha de ses compagnons qui se chargeaient d'armes et de munitions. C'était la kermesse et les rigolades et il douta un instant de l'intégrité intellectuelle de ses compagnons. Lui ne riait pas. Quoiqu'embrumée par la fatigue et la tension accumulées ces derniers jours, son intuition le prévenait de la sourde menace qui régnait en ces lieux.

Le colosse se mit à crier de plus belle, qu'est-ce qu'ils attendaient donc, et les canons menaçants pointés sur eux leur signifiaient que la moindre incartade leur serait fatale. Sans chercher à comprendre, il fallait avancer sur le terrain qu'on leur avait délimité.

*

* *

— Cinq heures et sept minutes, début de l'opération.

Dans la tour de contrôle, un chrono avait été enclenché. Ils étaient partis. Certains après un moment d'hésitation, s'étaient délestés de l'équipement et pour s'élancer en courant à en perdre haleine. Il en était toujours ainsi une proportion au comportement imprévisible, et qui se verrait balayer d'un souffle, comme à la guerre ces quelques soldats qui se lèvent aux premiers tirs et se précipitent les mains en l'air vers l'ennemi. Passé cette attrition naturelle et statistique, le comportement des autres prisonniers qui progressaient sur la piste s'avérerait plus intéressant.

Deux groupes se distinguaient déjà: l'un avançait au pas gymnastique, suffisamment prudent pour garder les armes et soucieux de gagner la brousse au plus vite. L'autre se détachait derrière et progressait pas à pas, pour se disposer instinctivement en tirailleurs.

Samba comptait parmi ce deuxième groupe. Le M16 plaqué contre la poitrine, il guettait soupçonneux les alentours. Pourquoi les obliger à suivre cette piste d'atterrissage désaffectée ? Pourquoi avoir pris le soin de dresser des barrières électrifiées tout le long, de sorte qu'ils ne puissent s'en écarter ? Il avisa des pylônes dressés à distances régulières et surmontés de caméras braquées en leur direction. Il interrogea du regard un de ses compagnons mais l'autre haussa les épaules. Tous éprouvaient la même incompréhension.

La fin de la piste se présenta bientôt. Comme ils se rapprochaient, ils percevaient plus nettement les détails du terrain qui continuait, ce que la distance ne leur avait pas permis jusqu'à présent. Ici et là, des paravents de tôle avaient été érigés à mi-hauteur d'homme. Des trous parsemaient également le sol, et même s'il était encore trop loin pour juger, il les estimait de taille suffisante pour pouvoir s'y nicher. Il reconnut instinctivement la configuration d'un terrain d'entraînement et de simulation de manœuvre. Au-delà, sur ce qui devait représenter un kilomètre, les lignes barbelées s'arrêtaient. Une forme cubique vert marron semblait marquer la fin du parcours.

Les quelques désespérés qui avaient laissé choir leur équipement pour partir hors d'haleine, réalisant qu'ils n'étaient pas poursuivis ni fusillés sur place avaient calmé l'allure, talonnés par le premier groupe qui continuait de progresser au pas gymnastique. Dès que l'un eût mis le pied hors de la piste d'atterrissage désaffectée pour se retrouver sur le terrain de tir, une sirène aux modulations sinistres retentit.

Samba stoppa net et jeta un regard derrière lui, or nul mouvement ne paraissait du côté de la tour de contrôle, où les quatre automitrailleuses étaient restées parquées, les canons pointés vers eux. Pourtant là-haut dans la tour, une vive effervescence régnait, cachée du bas par les vitres crasseuses.

— Cinq heures onze minutes, activation.

On scrutait les caméras, les bandes-vidéo tournaient et l'on prenait des notes. Sarah était rivée aux jumelles, fixant l'horizon et guettant le commencement.

Samba résolut de continuer. Un bref instant passa, puis une détonation retentit. Devant lui une silhouette s'écroula et il écarquilla les yeux pour identifier d'où le tir était parti. Y avait-il un sniper caché sur le terrain ? Tous se jetèrent à terre. La peur les avait submergés, cette peur qui les avait dévorés ces derniers jours pour les laisser apathiques, jusqu'à ce qu'un infirme espoir renaisse en eux à la perspective d'un sursis lorsqu'ils avaient échu en ces lieux. La peur mordante et cruelle les retrouvait pour mieux les reprendre dans son étreinte venimeuse. Cela continuait de tirer devant : des salves rapides et précises de trois coups qui s'enchaînaient par intermittence. Un tel enchaînement de tirs ne pouvait être l'œuvre d'un sniper ou alors ils étaient plusieurs. Samba réfléchit une fraction de seconde : il était trop à découvert et la seule protection qu'il pourrait gagner serait auprès des menus obstacles du terrain de tir. Il résolut donc, suivi des autres, de continuer en rampant pour atteindre la zone. La progression était longue et douloureuse sur la piste de bitume et il s'écorchait les coudes et les genoux. Enfin il parvint à la limite du terrain. Il leva la tête. À quelques mètres devant lui, un des autres fugitifs gisait dans une mare de sang en une pose grotesque, alors qu'il avait dû être frappé en plein élan. Encore plus loin devant d'autres prisonniers étaient immobiles au sol, et il ne savait pas si ceux-là étaient également touchées ou s'ils feignaient la mort. Sur la droite, masqué par un paravent de tôles, un blessé geignait. Nul pour lui venir en aide.

Il détailla les différents obstacles et couvertures qui se présentaient en proximité directe. L'un de ses compagnons d'infortune ne l'avait pas attendu et s'était précipité en une course effrénée pour gagner un remblai. Il en fit son parti tout en rampant pour y parvenir.

— Est-ce que quelqu'un a vu qui nous tire dessus ?

Personne ne savait. C'était le désarroi, et chacun courrait en tous sens et s'agitait comme des mouches prises dans un bocal. À gauche et à droite, les barbelés électrifiés. Derrière, le peloton d'exécution.

— C'est la machine, là devant qui est en train de nous allumer !

Alors enfin il vit. Ce qu'il avait pris au début pour une vulgaire borne de métal vert de gris destinée à délimiter la fin du terrain se mouvait lentement en leur direction. Ce n'était plus une simple forme cubique plantée au loin, mais un tronc dont s'étaient déployés des bras articulés pourvus d'armes et qui crachaient la mort par rafales. Répartis sur ce corps difforme, des volets étaient entre-ouverts laissant émerger des optiques de précision à l'affût du moindre mouvement. Samba eut tout juste le temps de rentrer la tête avant qu'une volée de balles ne vienne frapper sa position. Si eux ne savaient pas tirer à une telle distance, l'engin semblait associer des calibres et des organes de visée d'une précision diabolique.

Un sursaut de courage, un esprit de revanche saisit les hommes, dès lors qu'ils avaient identifié leur ennemi. Ceux qui n'avaient pas perdu leurs sens résolurent d'avancer de couvert en couvert pour arriver à portée de leurs fusils-mitrailleurs et riposter. Il fallait détruire cette aberration, ce monstre de métal, puis le salut serait au bout de la piste. Devant, des échanges de tirs retentissaient entre les survivants du premier groupe, cloués au sol et la machine. Samba dévisagea ses voisins du second groupe et en dénombra cinq, tous pris dans l'action, ne cillant pas du regard et les sens en éveil. Il ne doutait pas qu'il pourrait compter sur eux. Il s'avisa également que l'un d'eux avait le lance-roquettes. Ce serait la pièce maîtresse du jeu et il faudrait pouvoir se rapprocher suffisamment pour l'utiliser. Derrière le remblai un sixième homme s'était abrité avec eux, dont Samba jugea qu'il devait être tout juste sorti de l'adolescence. Vêtu d'un maillot qui avait dû être blanc et taché d'un sang qui n'était pas le sien, il restait accroupi, le corps recroquevillé sur son arme et parcouru de sursauts nerveux. Il n'y aurait plus rien à espérer de celui-là et il resterait derrière eux.

Ils se concertèrent, pour décider de tous sortir et avancer en tirailleur au pas de course jusqu'aux prochains refuges. Une dizaine de mètres devant eux, une tranchée dans le sol. Encore plus en avant sur la droite, une plaque de tôle dressée pouvait servir d'abri. Au signal ils se précipitèrent, en zigzaguant et se répartissant entre les cachettes qui s'offraient à eux. Samba sentit les balles lui siffler aux oreilles, sans réfléchir si c'était lui qui était visé ou s'il s'agissait de balles perdues. Il entendit crier à l'arrière. Submergé par le désespoir et abandonnant toute raison, le prisonnier au maillot taché de sang avait tenté de se jeter par-delà les fils barbelés. Las ! On le vit se recroqueviller et resté accroché aux fils, secoué de brusques soubresauts avant que son corps ne commence à fumer, empuantissant l'air d'une atroce odeur de chair brûlée.

Samba leva la tête pour voir au-devant. Le robot continuait de progresser dans leur direction. Il était désormais presque au contact des premiers rescapés, qu'il abreuvait de tirs tout en contournant lentement leur position pour les prendre à revers. Une rafale venait le frapper de temps à autre en retour, occasionnant des gerbes d'étincelles sur les blindages que rien ne semblait pouvoir percer. Samba et ses compagnons jugèrent que le moment était propice pour bondir hors de leurs cachettes et aller de l'avant. Il entama un sprint, courant à perdre haleine pour avaler la distance. De nouveau les sifflements à ses oreilles, les cris. Il discerna la forme de métal en face, pivoter dans leur direction. Il ne voulut pas la regarder, se disant que cela le distrairait et attirerait sur lui les projectiles comme le mauvais sort, et restait les yeux fixes et sans ciller sur le talus non loin. Ses poumons lui semblaient prêts à exploser, chaque foulée devenait douloureuse. Encore quelques mètres, et il se jeta à l'abri de la butte de terre. Il s'arrêta un moment pour reprendre haleine et repérer ses compagnons. Il n'en vit que deux, et souffla de soulagement en trouvant le porteur du lance-roquettes à quelques mètres de lui, réfugié dans un trou. À ses côtés, le deuxième aux cheveux grisonnants grimaçait sous l'effort, peinant à retrouver sa respiration. Quant aux autres la mort semblait les avoir cueillis sur le chemin. Un corps gisait visible derrière, peut-être encore habité d'un tréfonds de vie avant que de céder à une définitive immobilité.

Il glissa un regard hors de l'abri. Les tirs s'espaçaient comme les hommes du premier groupe étaient tombés les uns après les autres lorsque l'engin avait terminé de les contourner pour les prendre à revers. Le dernier encore vaillant sortit de sa cachette, se précipitant sur son adversaire mécanique. Tirant presque à bout portant il n'eut l'occasion que de tirer deux rafales avant que de se trouver littéralement haché sur place par la succession de tirs en retour. Malgré la distance, Samba discerna les projections de chair et de sang avant que le corps ou ce qu'il en restait retombe projeté des mètres en arrière. Puis le silence tomba comme une chape de plomb sur le champ de bataille.

— Attendons qu'il parvienne à portée. Nous sommes encore trop loin pour utiliser le M72. Inutile de bouger, il va nous canarder sinon.

Les deux autres opinèrent du chef. Une centaine de mètres devait les séparer de leur prédateur, et plus courte serait la distance, mieux cela serait.

— Sais-tu te servir du lanceur ?

— Pas trop, en entraînement seulement, une fois.

Samba maugréa : il aurait dû mettre la main sur l'arme dès le départ. S'il avait seulement pu se douter. Il retint sa respiration. Ici et là quelques gémissements troublaient encore le silence. Puis ce fut le ronronnement des chenilles perceptible au loin, puis de plus en plus près comme l'engin avançait. Il devait quadriller le terrain en quête de survivants. Une détonation retentit à proximité, les faisant sursauter. Était-ce un fuyard qui avait été repéré et éliminé ? Samba osa lever les yeux par-delà la butte. Il était là, à une vingtaine de mètres tout au plus, diabolique et froid. Au combat face à un homme, on a toujours l'opportunité de se plonger dans le regard de l'adversaire et la possibilité si infime soit elle de demander grâce et d'être épargné. Il aurait voulu pareillement se plonger dans les trous des optiques, en traverser les lentilles pour entrer en communication avec l'être de métal ou celui qui le commandait, demander la paix et implorer clémence. Or les prunelles noires révélaient un vide hypnotique et dénué de vie. Nul répit, nulle pitié, nulle compassion, mais l'exécution brutale et déterminée. Il rentra la tête juste à temps avant qu'une volée de balles ne vienne frapper sa position. Un cri retentit : à sa droite, l'homme aux cheveux grisonnants n'avait pas su s'arracher à sa considération de l'ennemi et avait été touché en plein front avant que de s'écrouler à terre.

— Prêt pour le lanceur ?

L'autre ne répondait pas et restait prostré devant les derniers soubresauts de vie de son voisin au sol.

— Il va falloir tirer, maintenant !

Pas de réaction. L'autre restait atone. Or c'était le moment opportun, après il serait trop tard. Samba s'élança pour rejoindre le porteur du lance-roquette. S'il le fallait il tirerait lui-même. Il avait, quatre, cinq mètres tout au plus à parcourir. Il ne doutait pas qu'il serait touché, mais il lui fallait arriver valide de l'autre côté de façon à assurer le tir. Il termina sa course en se jetant en avant comme les balles lui sifflaient aux oreilles. Une douleur fulgurante lui parcourait le corps et il remarqua la petite tache de sang sur le côté de son vêtement. Cela croissait, s'étendait en auréoles pourpres pour goûter au sol. Il s'avisa qu'il pouvait encore bouger les membres quoiqu'au prix d'âpres souffrances. Il se saisit du M72. Chargement. Armage. Il déclencha le tir au jugé, alors que le monstre de métal n'était qu'à quelques mètres, puis s'écroula à terre. Dans la précipitation, son compagnon ne s'était pas écarté et avait subi de plein fouet les gaz d'expulsion du moteur-fusée lors du tir, le brûlant au troisième degré. Il hurla en se tortillant et se roulant dans la poussière, dans le vain espoir d'échapper à l'atroce souffrance qui le rongeait avant de succomber. Samba reprenait lentement ses esprits. Il vérifia à tâtons qu'il lui restait ses deux grenades dans la poche de son pantalon. De l'autre côté, par-delà les volutes de fumée, le ronronnement des chenilles reprit, si proche désormais qu'on pouvait distinguer le cliquetis des crampons comme l'engin avançait vers lui. Les mains poisseuses de sang, Samba ôta la goupille des grenades et les pressa contre son cœur. Il prit une grande inspiration et fit appel à toutes ses forces pour se relever.

*
* *

— Désactivation ! Allez vérifier l'état des gars et compter les impacts.

On passait les bandes-vidéo en boucle, analysant les séquences et la décomposition des mouvements en quête d'une incohérence quelconque dans l'appréhension de la situation par le robot. Les mécaniciens et médecins légistes furent dépêchés sur le terrain. On compta les impacts sur l'engin ainsi que leur localisation.

— Effet sur une fonction quelconque ?

— Négatif, c'est le carénage qui a tout pris. Un peu bruni et un des renforts est bien enfoncé, sous le souffle d'une des grenades probablement. Les connectiques et circuits n'ont rien. Nous allons démonter et tester unitairement par acquit de conscience. Près d'une centaine d'impacts, ils se sont bien battu les bougres.

— Parfait. Au niveau des corps ?

— Confirmés tous hors de combat.

Sarah avait rejoint les équipes de terrain pour le diagnostic. De nombreuses photos avaient été prises pour figer la scène. Revenue dans la tour, elle perçut son reflet dans une des vitres crasseuses, et recoiffa une mèche rebelle. Puis pendant près d'une heure elle compila toutes les informations dans le formulaire de compte rendu. Elle arriva à la conclusion, qui incluait une case à cocher. Cette case ferait toute la différence lorsqu'il s'agirait de négocier le prix de vente du matériel auprès des acheteurs. L'attestation d'un engagement en conditions réelles et d'une efficacité prouvée et justifiée de chiffres et données se concrétiserait par un coefficient majoré sur le prix. Elle cocha la case sans hésiter :

Proven In Action.

*

* *

Sarah avait été promue responsable des nouveaux projets. Son évolution fulgurante avait fait jaser dans l'entreprise. Fallait-il raconter que Lambert, le président, lui avait discrètement fait parvenir une bouteille de champagne à sa nomination ? D'aucuns auraient dit qu'elle avait couché pour sa promotion. Les peu de fois où elle l'avait rencontré avaient suffi à jeter son dévolu sur lui. Il était son assurance vie.

Ses parents s'extasiaient devant sa réussite. Oh, bien sûr ils ne saisissaient pas trop ce qu'elle faisait ni le propos de l'entreprise. Ils ne l'avaient jamais trop comprise de toute façon, étant d'une génération où il n'y avait pas eu tant à se battre pour se faire sa place, voilà tout. Elle éprouvait une âpre satisfaction à guetter les éclats de fierté qui luisaient dans leurs yeux : voiture de fonction, une vaste demeure perdue au beau milieu d'un parc, et pour laquelle elle avait engagé un crédit de vingt ans. Ils lui disaient, avec une pointe d'inquiétude dans la voix : « enfin, une si grande demeure coupée de tout pour une jeune fille comme toi, est-ce bien raisonnable ? ». Ce à quoi elle rétorquait qu'elle n'était pas sans défense : elle avait obtenu son permis de port d'arme et un 22 long rifle rangé dans le coffre sécurisé de sa chambre. Tous les mardis soir, elle s'entraînait en stand de tir et enchaînait les cartons. Ses parents poussaient de hauts cris et levaient les yeux au ciel : « comment, notre fille a une arme ! », or au-delà de leur sourde inquiétude, elle sentait la fierté briller d'autant dans leur regard.

Sarah n'avait pas adopté cette activité dans le but initial de se détendre. Etoile montante dans une entreprise telle que la sienne, cela lui avait paru naturel afin de se frotter (encore) à la réalité du terrain, d'avoir en main ces mêmes produits qu'ils concevaient et utilisaient sur leurs lignes de montage, de sentir le recul et la chaleur lorsque le coup partait. Cela lui permettait également de mieux s'affirmer face à ses collègues. À vrai dire, c'était Lambert qui l'avait poussée dans cette voie lors de l'une de leurs rares entrevues : « il faudrait que tu apprennes à te servir d'une arme », et il avait gloussé en lui recoiffant la mèche rebelle qui lui tombait sur le front. Apprendre à expérimenter ce que leurs clients, directs et indirects vivaient dans les tréfonds de l'affrontement. Cela faisait partie de son intégration au sein du groupe.

En parallèle de cette ascension professionnelle fulgurante, Clem, qu'elle avait rencontré le soir d'une course de taxi, avait rejoint sa vie. Il l'honorait de toutes ses attentions comme si elle eût été une reine, et elle savait le tenir à la merci du moindre de ses caprices.

À l'entreprise ce matin-là, le comité de direction du lundi battait son plein. Sur les neuf membres du comité, cinq se trouvaient à distance et quatre au siège. La réunion se déroulait dans la salle sécurisée du dernier étage du « paquebot », bâtiment de la direction. Les stores étaient descendus à mi-hauteur, entretenant une impression de vase clos laissant entrer la lumière du jour tout en masquant au regard le théâtre de l'extérieur. Un vaste écran de télévision était dressé sur un mur, permettant d'échanger de visu avec les autres participants. L'équipement tant audio que vidéo était de pointe et les lignes sécurisées.

Sarah venait de terminer son allocution lorsque Le Goff, responsable technique, était intervenu. Comme à chaque fois elle n'avait pu s'empêcher de le disséquer du regard tandis qu'il parlait car le personnage la fascinait. Quelle vulgarité apparente ! Une barbe de trois jours lui rongeait le visage. Sa chemise laissait apparaître un bourrelet de graisse qui retombait sur la ceinture. Ses bras étaient minces et fins, sans la courbe d'un muscle quelconque et témoignaient d'un laisser-aller physique patent. Sous la manche retroussée, un tatouage apparaissait – un hippocampe sans doute, ou quelque chose d'approchant. Un tatouage ! Or au-delà de tous ces signes qu'il laissait paraître et qui pouvaient prêter à condescendance, Le Goff se redressait et le silence se faisait lorsqu'il ouvrait la bouche. Parcourant l'assistance d'un regard électrique et pesant, il assenait chaque mot et sa parole frappait comme une substantielle vérité. Il emportait l'auditoire par son charisme et son intelligence. Son domaine englobait d'obscurs laboratoires où des thésards s'adonnaient à des expériences cryptiques (pénétration des balles dans les milieux réceptifs : chairs et blindages, systèmes de propulsion). Des programmateurs prostrés sur leurs stations de travail mettaient au point et polissaient les différentes facettes de l'intelligence artificielle. Une quiétude studieuse régnait dans les ateliers. Le plus profond secret cloisonnait les résultats de ces travaux hermétiques, et Le Goff seul détenait les clefs et la compréhension technique de cet ensemble occulte.

— Ces essais sur de vieilles pistes désaffectées ou de vieux hangars sont complètement dépassés. Nous avons de nouvelles technologies et algorithmes. Nous pouvons détecter la présence d'une cible en espace clos ne serait-ce que par sa respiration et le flux d'air dans la pièce. Il est temps de passer à des protocoles de test plus élaborés pour pousser davantage nos machines et les mettre en valeur.

Sarah appréciait les piques à son égard. Elle ressentait une animosité dans le personnage. Brillant et visionnaire, Le Goff était un des piliers fondateurs du groupe. Elle imaginait qu'il redoutait dans cette jeune pousse montante féminine une menace potentielle ou un contre-pouvoir. Alliant pugnacité, charme et subtilité, elle ne se laissait pas faire en retour.

— Il est fort appréciable de travailler à ces protocoles plus élaborés. Je rappelle juste qu'il nous faut vendre dans le même temps et que le *time to market* reste important. Nos concurrents n'attendent pas.

— Nos concurrents n'attendent pas non plus pour mettre des produits plus aboutis et performants sur le marché. Il va falloir changer le scénario, Sarah.

— Eh bien fais travailler tes équipes plus vite ou plus fort, que veux-tu que je te dise ?

Sans rien laisser paraître, Le Goff l'enroba de son regard hypnotique.

— C'est entendu, Sarah, c'est entendu.

Elle se plongea dans ses yeux bleus et froids et frissonna en imaginant ce que l'on peut ressentir à défaillir dans les bras du vampire prêt à vous emporter.

*

* *

Accompagnant sa promotion, Sarah s'était installée dans une propriété de la vallée de Chevreuse. La maison était une vaste bâtisse d'architecte dans un parc de onze hectares. Le domaine était ceint de hauts murs d'un côté et par le cours d'eau de l'Yvette de l'autre. Le lourd portail coulissant de l'entrée surplombé de caméras reflétait l'importance des occupants des lieux. Lorsque d'aventure il s'ouvrait pour faire passer une grosse cylindrée, il laissait entrapercevoir aux curieux l'allée de graviers qui remontait jusqu'aux bâtiments. On longeait les futaies de chênes et de hêtres puis un petit étang où les oiseaux de passage, oies, balbuzards, hérons, venaient se réfugier.

Un petit chemin de traverse boueux et détrempé coupait cette allée principale à mi-distance. Une grille perdue au milieu de l'enceinte, rouillée et barrée d'une chaîne en condamnait l'accès. Elle donnait sur la départementale qui serpentait à travers bois et était fréquentée de quelques banlieusards qui alternaient entre leur domicile et leur lieu de travail. Cet accès devait être clos depuis des années, en témoignait le rideau de fougères qui avait crû pour le masquer depuis l'intérieur et commencer de grignoter le sentier ici et là. Or c'est justement devant cette entrée qu'un utilitaire s'était arrêté aux petites heures du matin. Le véhicule était banalisé, d'un gris mat et sans signe ou marque apparente. Un individu en combinaison en était descendu et muni de pinces coupantes, s'était escrimé un instant avant de venir à bout de la chaîne. Il avait poussé les deux vantaux, puis remontant dans le véhicule avait traversé le rideau de fougères pour lentement remonter le chemin tous feux éteints, jusqu'à ce qu'il puisse discerner la maison au détour d'un virage. Là, il avait de nouveau arrêté le véhicule et coupé le contact. Dehors, il avait ouvert les battants arrière et glissé deux rampes d'accès jusqu'au sol.

Ce jour-là, Sarah travaillait depuis chez elle. Elle s'autorisait ces parenthèses régulières qui lui permettaient de recadrer et prendre de la hauteur sur l'activité. Elle se juchait sur un tabouret haut et s'attablait au plan de travail de l'imposante cuisine américaine car ici dans l'ameublement tout avait été dimensionné en XXL. Elle se trouvait ainsi sur un espace dégagé et l'altitude qu'elle gagnait dans cette disposition l'aidait à gagner en hauteur de vue dans sa réflexion. Entre deux considérations elle posait le regard sur le vaste séjour de quarante mètres carrés aux formes épurées, jusqu'à la véranda qui donnait sur le parc bordé d'arbres.

Elle perçut au sous-sol le cliquetis des barres de traction et les profondes inspirations de Clem. Celui-ci s'adonnait comme chaque matin à sa séance de musculation. Sarah esquissa un sourire. Elle imagina poser ses doigts sur ses biceps et les muscles se gonfler et se tendre. Clem n'était pas particulièrement intelligent mais il était toujours là quand elle le voulait et il savait la faire jouir autant qu'elle en éprouvait le besoin. Elle chassa ces pensées pour revenir à l'écran de son laptop.

Sarah s'inquiétait des échanges survenus lors du dernier comité de direction. Elle sentait un clivage se créer et éprouvait le besoin de s'assurer du soutien du président Lambert, aussi lui avait-elle envoyé coup sur coup deux mails d'importance.

Le premier concernait l'avancement de leur nouveau programme dénommé projet Centaur. Celui-ci avait pour but une amélioration de la communication et des synergies de fonctionnement entre différents types d'automates type drones volant et robots terrestres tout en jouant sur leurs complémentarités. En opération subsiste toujours le risque d'une perte d'efficacité en manœuvre due à la mauvaise appréciation individuelle d'un maillon de la troupe engagée. La troupe composée d'hommes et de femmes quoiqu'entraînés pour « faire corps », reste en effet limitée à la somme immiscible de leurs individualités. La robotique permettrait de s'affranchir de cette carence, en construisant une chaîne dont chaque maillon interagirait avec les autres comme les différents organes interreliés d'un même corps. Le robot mobile sur le champ de bataille visualiserait le théâtre d'opérations et transmettrait les informations en temps réel au drone d'attaque survenant pour abattre la cible. Le robot devenant la cible d'un sniper embusqué, l'aperçu du drone sur le lieu de l'affrontement permettrait au robot toujours en temps réel d'adapter sa position pour prendre l'offensive, ou attendre pour travailler de concert avec le soutien aérien. L'interaction entre tous ces éléments se passait de l'humain, et devenait un vaste réseau de neurones qui calculait en permanence les rendements optimaux et rapports de force, pour adapter sa stratégie en fonction. C'était une vraie révolution technique et humaine qui se profilait sur les champs de bataille et l'entreprise était aux aguets pour être parmi les premiers sur le marché. Le projet Centaur trouvait donc ses prémisses, incluant une task force de programmeurs de façon à ébaucher ce que seraient les solutions de demain. Sarah et l'indéboulonnable Le Goff travaillaient de concert de façon à dresser le canevas de cette activité stratégique, toujours en veillant à concilier le temps long nécessaire à la haute technicité et le besoin de couvrir les marchés. Sarah dressait donc dans son message l'état d'avancement, tout en glissant quelques messages subliminaux sur la prédisposition de Le Goff à se mettre en valeur à son détriment à elle. Il lui faillait rééquilibrer les choses, ne pas paraître dans un rôle de second plan et faire pencher la balance en sa faveur.

Le deuxième message était plus ennuyeux et possible objet à polémique. Il était vital d'écarter Le Goff de ce sujet, du moins pour le moment. En sous-main, Sarah esquissait la possibilité auprès de Lambert de faire évoluer les protocoles de tests des engins. Il s'agissait d'éluder les phases d'évaluation en condition de combat qui intégraient des sujets non pleinement parties prenantes du conflit sur le champ de bataille. Seraient donc exclus désormais les essais en grandeur nature avec les pis-aller usuellement mis à leur disposition tels que les prisonniers politiques dont on était trop heureux de se débarrasser à cette occasion. Le contrecoup était qu'il faudrait développer encore plus avant les phases de calcul et de simulation des systèmes par ordinateurs (ce qui retomberait inéluctablement dans la cour de Le Goff), et gagner la grâce d'états-majors complaisants pour tester le matériel sur le théâtre d'opérations réelles et conventionnelles. La motivation de Sarah n'était en rien altruiste. Elle se méfiait cependant des organisations non gouvernementales et des journalistes d'investigation qui finiraient un jour ou l'autre par mettre à nu leurs pratiques et les révéler au grand public. Quel scandale ce serait ! Dans les plus hautes sphères de l'État, ce serait un concours d'offuscations quand bien même le Tout-Paris était au courant. Ces pratiques étaient d'ailleurs largement partagées par la concurrence. L'opprobre fondrait sur eux, et leurs noms seraient jetés en pâture à la presse. C'est là qu'une petite voix lui trottait dans la tête, plus insistante chaque jour : « et si tes parents comprenaient ce que tu fais vraiment ? ». Perdre cette fierté complaisante dans le regard qu'ils posaient sur elle désormais ? Elle en serait malade à en crever.

Sarah réfléchit. Si elle sentait que Lambert n'était pas réceptif à ses propos, eh bien elle lui demanderait une entrevue en tête à tête pour lui présenter plus avant le détail de ses réflexions. Elle saurait bien par quelle corde le faire vibrer, et sa bouche se plissa d'un léger sourire. Les hommes étaient décidément tous les mêmes.

Clem remontait en soufflant les escaliers du sous-sol. Il gagna le frigidaire combiné où il se servit une large rasade de boisson énergisante. Il exhalait une âcre odeur de transpiration et s'épongea le front encore ruisselant de sueur.

— Va vite prendre ta douche.

Avant d'obéir, Clem s'arrêta un instant devant la véranda. Il appréciait comme Sarah la vue et le sentiment de sérénité qui l'accompagnait. Elle n'ignorait pas qu'il lui était redevable pour le train de vie auquel son modeste salaire de chauffeur de taxi ne l'aurait jamais pu laisser aspirer. Puis la rancœur viendrait sans doute, un jour, et le méprisable complexe masculin de son infériorité. Elle aurait le temps de voir, d'ici là, d'anticiper et de se protéger.

— Vois-tu ? Qu'est-ce que cela, dans le parc ?

Il était incongru qu'il la dérangeât de la sorte, elle travaillait et ne souffrait pas la moindre distraction. Il le savait bien, pourtant. Agacée, elle leva le nez de son écran et le considéra. Un claquement cristallin retentit et la vitre de la véranda se lézarda depuis le point d'impact. Clem s'écroula. Sarah considéra incrédule le corps immobile et l'impact du projectile dans la vitre. Puis elle aperçut la silhouette au loin avant que de se jeter à couvert. Une fraction de seconde lui avait suffi pour reconnaître le modèle, un TX Vindicator sorti de leur atelier. Ce type de robot était déjà courant sur les marchés mais principalement utilisé par les armées à des fins de reconnaissance, or elle savait que le modèle était customisable à l'infini. Armes, vision infrarouge, détection de mouvement, reconnaissance anthropomorphique, jusqu'aux algorithmes les plus poussés implémentés tous justes sortis de leurs laboratoires. Le tueur absolu. Que faisait donc cet exemplaire ici ? Quelle était cette mascarade ?

Vite, elle se précipita au plan de travail de la cuisine. Son portable. Elle chercha frénétiquement dans son répertoire le numéro de Lambert, et appela. Un message d'erreur lui vint en retour, ainsi que la sonnerie « occupée ». Votre correspondant n'est pas joignable. Plus de réseau. Les petites barres signifiant la puissance de la réception avaient fondu comme neige au soleil, pour se trouver remplacées par une petite croix. Elle se jeta sur son laptop. Cela serait moins rapide que son téléphone, mais serait mieux que rien. La messagerie instantanée était désactivée comme cela lui arrivait parfois. Sarah avait déjà pesté plus d'une fois et fait remarquer au service informatique le peu de stabilité de ce système. Elle ne voulut pas prendre le temps de la reconnecter, et entra les adresses (les premières lettres suffirent) dans le champ de destinataires du mail. Lambert, Le Goff.

Sujet : HELP VINDICATOR CHEZ MOI URGENCE POLICE

Puis elle cliqua sur le bouton « envoyer ». Elle réalisa alors que le message gagnait la boîte d'envoi, et que celle-ci était déjà pleine des messages qu'elle avait rédigés ce matin et qui semblaient bloqués dans l'attente de parvenir à leur terme. Cela ne passait pas. Connectivité internet inexistante. Vide, néant. Était-ce concevable ? Elle raisonnait à toute allure. Possible brouillage des transmissions ? Cela était pleinement réalisable en diffusant localement une intense onde électromagnétique de façon à perturber les signaux. Qui aurait fait cela, et pourquoi ? Elle essaya de nouveau, mais encore le message d'erreur d'affichage sur l'écran. Remettant la main sur le téléphone, elle se prit à lui parler comme s'il se fut agi d'un être cher : « essaie donc, fais un effort », mais rien n'y fit. Peut-être serait-il possible de mieux capter d'un autre endroit de la maison, ou à l'extérieur ? Elle se ressaisit et glissa un œil par la véranda. Dans le parc, l'engin de mort se rapprochait de la maison. Une question la taraudait : quel niveau d'équipement embarqué par le spécimen, et surtout quelles fonctionnalités et quelles versions de programme ? Les idées se bousculaient dans son esprit. Ne pas sortir du bâtiment : c'était déjà trop tard et elle se retrouverait à découvert. Monter à l'étage. Elle savait que les douze marches à gravir représenteraient une difficulté pour le système moteur à chenilles du robot et avec un peu de chance ce dernier se retrouverait bloqué en route. Récupérer le 22 long rifle dans la chambre. Cela serait un piètre moyen de riposte mais dans la précipitation elle ne pouvait penser à mieux.

Elle se rua à l'étage, montant les escaliers quatre à quatre. Son regard attrapait un détail, de-ci de-là et elle et elle guettait dans chaque objet, chaque meuble un moyen de mieux se défendre ou de se cacher. Sur le chemin, elle prit le temps de s'arrêter un instant devant le chauffage du couloir et le poussa à fond. Tout serait bon pour déstabiliser les capteurs thermiques de l'engin. Un bruissement cristallin retentit au rez-de-chaussée et la prit comme une véritable gifle. La vitrine de la véranda s'était-elle écroulée sous son propre poids, fragilisée par l'impact de la balle qui avait frappé Clem ? Ou en avait-on forcé le passage, en provoquant l'effondrement ? Le crissement et le craquement des débris qui suivit la glaça d'effroi. Cela entrait. Cela avançait. Vite, il fallait détaler, et figure absconse en ce moment, elle s'imagina lièvre fuyant le chasseur pour gagner son terrier. Au passage, la porte de la salle de bains était entrouverte et elle s'y glissa. La pharmacie et son cortège de bouteilles et de médicaments. Une bouteille d'alcool à 90° à moitié pleine. Son regard tomba sur la baignoire. Se faire couler un bain d'eau froide et s'y glisser, se jouant ainsi des capteurs thermiques. Combien de temps cela prendrait-il pour faire couler l'eau ? Combien de temps tiendrait-elle à respirer ? Combien de temps avant que l'eau ne se réchauffe et que son stratagème ne soit éventé ? Les idées se bousculaient dans sa tête, et elle ouvrit le robinet à fond. Pendant que l'eau coulait à flots, elle traversa l'étage en courant pour gagner la chambre.

Elle considéra un instant se cacher sous le lit, mais écarta cette éventualité. De là, elle doutait pouvoir berner les senseurs de l'appareil et elle se retrouverait prise au piège. La table de chevet était couverte d'un bric-à-brac : livre, menus bijoux, paquet de cigarettes, briquet et cendrier. Elle se munit du briquet, un modèle bon marché que Clem avait dû acheter par lot de couleurs vives en grande surface. Le coffre-fort avait été placé à mi-hauteur d'une armoire qui s'ouvrait dans le mur. Comme elle pianotait sur le clavier, elle réfléchissait tout en tendant l'oreille. Qu'y avait-il dans la caboche de métal, en bas ? S'il l'avait vue alors qu'elle avait montré son nez pour le voir dans la véranda, il l'aurait intégrée comme cible à éliminer et elle était dès lors condamnée. Si c'était le cas, elle s'étonnait qu'il n'ait pas commencé de tirer sur elle dès ce moment quitte à passer sur du gros calibre. Si en revanche il ne l'avait pas vue ? Elle avait alors ses chances, ou du moins cela resterait à la discrétion du programme et des algorithmes rentrés dans le spécimen. Les cibles visibles préalablement identifiées une fois éliminées, passait-il en « veille active », toujours en déplacement et en quête d'une menace éventuelle ? Quand cela serait, pourquoi se serait-il justement dirigé vers la maison ? Un déclic retentit et la porte du coffre-fort s'ouvrit, offrant au regard le 22 long rifle remisé au fond sous une liasse de papiers. Elle s'en saisit avidement, et les mains tremblantes, enclencha un chargeur et ôta la sécurité, puis glissa les autres chargeurs dans ses poches avant de tendre l'oreille.

En bas, un bruit caractéristique avait capté son attention. Hors ce qui touchait au prototypage avancé des quelques geeks illuminés qui élaboraient les avant-projets, elle connaissait les engins de la firme par cœur. Elle avait reconnu le bruit des servomoteurs qui ajustait la hauteur des roues et l'agencement des chenilles en vue de passer un obstacle. Le robot se préparait à gravir l'escalier. Ni une, ni deux, elle mit le radiateur de la chambre à fond, toujours dans le fol espoir d'altérer le discernement de l'engin s'il recourait à ses capteurs thermiques, se saisit d'un oreiller et jaillit dehors. L'escalier était déjà pénible à gravir pour le système à chenilles du robot et ce modeste obstacle placé au beau milieu le gênerait d'autant. Depuis un coin du couloir où elle restait hors de vision du rez-de-chaussée, elle jeta l'oreiller dans la descente. Son projectile déclencha l'ire de la machine qui dut le traduire comme un signe d'hostilité et déclencha une salve pour frapper l'oreiller en plein vol. Les balles vinrent se perdre dans la paroi, juste au-dessus de Sarah qui était tombée recroquevillée à terre. Prostrée et frappée de sidération, ses oreilles bourdonnaient de l'éclat des détonations tandis qu'elle fixait les volutes du duvet de petites plumes blanches qui voletaient dans l'air. Sonnée, elle était loin, apathique et immobile. Le bruit régulier la fit progressivement émerger du gouffre où elle était perdue pour revenir à la réalité. Plus bas, le claquement mécanique des chenilles se rapprochait. Elle perçut ce son s'altérer comme l'engin écrasait le cadavre de l'oreiller au gré d'une marche, avant de repartir de plus belle. Il était passé.

Ayant pleinement repris possession de ses sens, elle fila à quatre pattes en direction de la salle de bain, et les quelques mètres à parcourir ainsi lui martyrisèrent les genoux. Elle se retrouva à l'angle du couloir et relativement protégée et hors de vue, tout en gardant un bon visuel en retour sur le haut de l'escalier. Elle repensa à la bouteille d'alcool dans la pharmacie. Lorsque l'engin pointerait le bout de son nez ce serait l'endroit idéal pour l'arroser d'un cocktail molotov. Elle gagna donc la salle de bain où elle se munit de la bouteille avant de se remettre en position. Déchirant la manche de son chemisier, elle imbiba le tissu d'alcool avant d'en ceindre le goulot. De ses mains fiévreuses, elle actionna la roue du briquet et alluma la mèche puis se mit en position de visée. Elle n'ignorait pas que la tentative était désespérée, les « tests à la flamme » faisant usuellement partie des cahiers des charges des modèles de la compagnie. Le design de ceux-ci notamment le système de cartérisation et le choix des matériaux était soigneusement étudié pour ne pas se retrouver à la merci de cette arme du pauvre. Quand bien même, se trouverait-il peut-être quelque faiblesse, quelque interstice entre deux protections qui permettrait au liquide enflammé de s'écouler et gagner le câblage électrique pour créer un court-circuit fatal à l'engin ? Elle était prête à se raccrocher au moindre espoir.

Tout comme elle maintenait sa position, le doute l'assaillit. Pouvait-elle simplement avancer vers le robot les mains en l'air ? Pourquoi lui voulait-on du mal ? Les images de Lambert et de Le Goff lui traversèrent l'esprit. Cela était-il de leur fait ? Avait-elle fait quelque chose qu'elle ne devait pas ? Tout cela ne pouvait être qu'un malentendu. Il ne fallait pas qu'elle déclenche les hostilités. Faire la paix. Et pourtant non, elle le savait trop bien, ces modèles-là étaient programmés pour tuer. Le souvenir de Clem gisant en bas la ramena à la réalité. Ressaisis-toi Sarah, ressaisis-toi. Passé la rambarde de l'escalier, un canon de fusil de l'engin pointa en premier et Sarah détailla intuitivement un fusil-mitrailleur MAG58 aménagé. Puis le petit corps de métal parut, surmonté de la tête pivotante de droite et de gauche comme les capteurs et caméras scannaient le terrain. L'angle dans lequel elle se trouvait faisait qu'il ne pouvait pas encore l'avoir vue. Elle lança de toutes ses forces le projectile avant que de se remettre à couvert. Elle n'eut pas le temps de voir le résultat et il lui sembla que la bouteille avait heurté la rampe avant d'éclater. Une salve assourdissante et nourrie claqua en retour et il lui sembla que la cloison derrière laquelle elle se tenait s'écroulait. Un nuage de poussière restait en suspension dans l'air et elle ressentit une douleur dans le côté. Elle considéra hébétée la tache rouge qui s'étendait pour maculer son chemisier. La douleur n'était pas insurmontable, mais elle sentait une partie de son corps s'ankyloser et la tête lui tournait. Mon Dieu ! C'était donc cela être blessée ?

En titubant, elle gagna la salle de bain. Le radiateur toujours à fond, une bouffée de chaleur l'accueillit. L'eau continuait de couler et commençait de déborder hors de la baignoire. Il lui fut très difficile d'y rentrer car elle peina à soulever les jambes et maintenir l'équilibre, tout en gardant le 22 long rifle hors de l'eau. Saisissant une serviette au passage, elle s'enrubanna la tête de façon à masquer au mieux ses traits. Cela lui permettrait de tenter de duper l'intelligence artificielle si celle-ci utilisait une fonction de reconnaissance faciale pour identifier ses cibles. Elle s'accroupit et ressentit l'eau glaciale la submerger jusqu'aux aisselles. Cela la raviva et lui donna un coup de fouet. Elle ne prit pas garde aux volutes et aux motifs rosâtres qui teintaient l'eau comme elle se vidait de son sang. Calmement, elle appuya les coudes sur le rebord de la baignoire, arma le pistolet et se mit en visée. De l'autre côté, elle entendait le couinement des servomoteurs comme l'engin rétablissait le positionnement de ses roues pour adapter son déplacement à la surface plane de l'étage. Puis le ronronnement des chenilles reprit, atténué par la moquette. Un crépitement d'abord discret s'y mêla puis de plus en plus insistant, tandis que de furtifs éclats orangés et brûlants dansaient dans le couloir. Une fraction de seconde, Sarah pria se retrouver des années en arrière. C'était le mal qui marchait vers elle et c'est elle qui l'avait nourri. Ainsi était sa juste punition. Elle se rêvait jeune enfant s'adonnant à des activités ternes et consensuelles, dont personne ne pourrait rien lui reprocher. Se rendre à l'église les dimanches comme ses parents le faisaient, et trouver le calme dans les senteurs d'encens et les doux carillons. Effet de l'eau froide dans laquelle elle se trouvait plongée, ou du filet pourpre qui perlait de son corps meurtri, elle sentit une étreinte glaciale la submerger. Elle frissonna.

Face à elle le robot se tenait noirci et le pan gauche tout encore parcouru de flammèches. Derrière, un âcre brouillard de fumée se développait tandis que les mordants reflets du brasier venaient mordre la tapisserie des murs. Sarah ne se laissait pas distraire par l'incendie qui commençait de s'étendre et elle restait concentrée. Tout juste saisit-elle qu'en cette proximité de son adversaire, elle était toujours en vie et cela seul signifiait que ses velléités à duper le tueur avaient pour un temps fonctionné. Ne pas être reconnaissable. Piéger les capteurs thermiques. Rester immobile. Ce ne serait néanmoins qu'un répit de quelques secondes. Les flammèches continuaient de courir sur les carters du robot. Elle s'efforçait de garder le plus grand calme, de maîtriser sa respiration et de ne laisser qu'un infime filet d'air sortir de sa bouche comme elle expirait. La question la taraudait inlassablement : quels algorithmes dans la petite tête de métal qui la considérait de ses yeux morts ? Comme elle pressait lentement l'index sur la détente, elle réalisa que ses mains tremblaient perceptiblement.

Briquet

Ce qu'il y avait de terrible avec les parents c'est qu'ils ne vous prenaient jamais au sérieux. À leur décharge, la perspective que Briquet fût un sorcier qui s'adonnait à de sinistres cultes et discutait avec des créatures de contes de fées dans le cimetière pouvait prêter à sourire. Parlait-on bien de Briquet l'idiot, Briquet le simplet ? Sans aller jusqu'à ce niveau d'extravagance, il est cependant des signes qui ne peuvent tromper pour qui veut bien s'extirper de la torpeur coutumière dans laquelle le plongent ses activités d'adultes. N'allons pas trop vite cependant et prenons le récit depuis le début.

Du haut de leurs sept et dix ans, Cédric et Julie passaient le plus clair de leur temps libre dehors à courir les sentiers avoisinant la maison, à dévaler les pentes et rouler dans l'herbe. Ils revenaient tout crottés, les vêtements imbibés et enduits de croûtes de terre aux genoux et aux coudes, des feuilles sèches et des brindilles encore dans les cheveux. À Maman qui poussait de hauts cris en demandant où ils étaient encore allés se fourrer, ils haussaient les épaules et baissaient les yeux tout penauds. Puis Papa arrivait et s'exclamait qu'au moins l'on voyait qu'ils étaient élevés « en plein air et au bon grain », et tout le monde partait dans un éclat de rire.

A dire vrai les terrains de jeu étaient nombreux. Les deux enfants alternaient entre l'un et l'autre au gré de leurs humeurs, restant quelques jours à un endroit avant que de changer et d'en découvrir un nouveau. Il y avait tout d'abord le jardin où l'on dressait la tente les beaux jours venus pour passer la nuit à la belle étoile. Julie avait mis la main sur un livre d'astronomie et s'escrimait à en inculquer les éléments à son frère. Ils avaient appris à repérer Vénus et la grande ourse. Bien sûr, cela faisait parfois un peu peur dans l'obscurité lorsqu'un renard passait ou qu'un chat errant venait gratter au pied de la tente, mais quel aventurier n'a pas enduré ces moments de crainte face à l'adversité ?

Il y avait le chemin tortueux qui descendait jusqu'en forêt. Il commençait sous la lumière crue du soleil avant que de s'enfoncer sous les branchages et l'on se retrouvait bientôt entouré de toute part par la végétation. La tempête de l'année précédente avait fragilisé quelques arbres des plus vénérables, et certains colosses penchés n'étaient plus retenus que par les ramures de leurs semblables. Les bois émettaient des craquements sinistres au gré des ondées, comme autant de vieillards perclus de rhumatismes qui geignaient et prêts à s'écrouler. Ils avaient repéré les endroits du sentier hantés par ces présences terribles, s'arrêtaient juste avant pour s'interroger du regard. Était-ce là ? Oui, c'était bien là. Il fallait se donner du courage. Puis ils partaient au galop pour passer le coin dangereux. Un effrayant craquement retentissait et ils forçaient l'allure, courant jusqu'à en perdre haleine. Parvenus en lieu sûr (concept vague qui correspondait d'ordinaire à l'endroit où leurs poumons en manque d'air exigeaient qu'ils s'arrêtent), ils reprenaient leur souffle et le rouge aux joues, s'esclaffaient bruyamment – tant il est vrai que la frontière est ténue entre le rire et la peur.

Il y avait également la prairie aux herbes vertes qui ondoyaient sous le vent. Au printemps, elle se trouvait constellée de myriades de boutons d'or. Lorsque le temps s'y prêtait, c'était là qu'ils s'essayaient au cerf-volant avec Milien, leur petit voisin. Celui-ci leur avait montré comment bricoler leurs appareils en découpant des bandes dans des sacs-poubelles puis en les accrochant à des pics de brochette en bois montés en croix. Tout cela ne montait pas bien haut et s'abîmait à la moindre manifestation sérieuse du zéphyr, mais quelle fierté de tenir en main l'engin mûrement façonné et de le sentir prendre vie et palpiter au premier souffle d'air !

Le plus frappant parmi tous ces hauts lieux d'intérêt restait incontestablement le cimetière. Celui-ci jouxtait la maison et partageait avec le jardin un petit muret de pierres qui s'étendait sur une cinquantaine de mètres. Il fallait faire la courte échelle pour passer de l'autre côté et se retrouver dans le silence des tombes grises. Certaines étaient tellement vieilles et rongées par la mousse qu'il était devenu impossible de déchiffrer qui y était enseveli. Cédric et Julie aimaient à circuler dans les allées de graviers parsemées de mauvaises herbes pour s'arrêter ici et là devant les inscriptions, les épitaphes et les médaillons funéraires, s'inventant les histoires et les aventures des défunts (regarde celui-là, il avait fière allure avec son uniforme et ses moustaches, il avait dû voyager partout dans le monde).

L'endroit était le théâtre d'un de leurs jeux favoris et qu'ils avaient baptisé du nom de « macabre course au trésor ». Une petite boîte en plastique tupperware escamotée de la cuisine faisait office de butin. L'un cachait la boîte quelque part dans le cimetière, entre deux tombes ou pots de chrysanthèmes, et l'autre devait la retrouver sur la base de quelques indications distillées au compte-gouttes : partir trois pas à gauche depuis la tombe du militaire, ou revenir de cinq et tourner à droite depuis celle du médecin, et s'arrêter à la tombe sans nom. Sans penser à mal, ils sentaient confusément qu'il y avait dans cette activité quelque chose de délicieusement profane et interdit. Tout à leur fascination pour l'endroit, ils l'avaient cartographié dans leur chambre sur une feuille A4 crayonnée de gris et de noir : ici l'accès bordé de fleurs, là le regroupement de la famille untel, là enfin le quartier des tombes oubliées que plus personne ne venait visiter et que le temps faisait sombrer dans la terre et l'oubli.

Il se trouvait bien de temps à autre quelque visiteur décontenancé de trouver en tel lieu ces marmots en vadrouille. Le temps d'esquisser une moue désapprobatrice et l'on se disait que ces deux-là n'avaient décidément pas l'air bien méchants. Ils trouvaient l'expression d'une bien plus forte réprobation de la part du gardien du cimetière qui détestait les voir rôder dans ces parages. Gardien était à vrai dire un grand mot, et c'était plus par charité que la mairie avait offert le travail à ce grand gaillard qui ne semblait plus avoir toute sa tête et vivait avec sa mère grabataire. Il entretenait les lieux du mieux qu'il pouvait et sa présence massive suffisait à dissuader les jeunes du village qui auraient pu être tentés de l'isolement du coin pour se retrouver, boire et fumer parmi les sépultures. On le croisait en nages, des auréoles sous les bras, s'affairer à arracher le liseron et les orties. La tête penchée affublée de bajoues blanches et ballotantes, la lèvre inférieure légèrement pendante, il vous jetait un coup d'œil en douce par-dessus ses grosses lunettes. Derrière les verres épais, ses yeux semblaient rapetissés comme deux petites billes gris acier dont l'éclat contrastait d'avec l'ensemble de sa chaire molle. Avec le sens de l'approximation qui les caractérise, les enfants l'avaient affublé du surnom de Briquet et telle en est la raison.

Le gaillard et sa mère logeaient non loin dans une maisonnette de plain-pied. La bicoque était agrémentée d'un jardinet et masquée d'une haie de lauriers au feuillage d'un vert éclatant. La dame les voyant passer, les avait invités une fois à rentrer et ils avaient mangé dans le salon des petits biscuits sortis d'une boîte en métal. Ils avaient trouvé que les gâteaux avaient un goût de mouillé, et se demandaient ce qui clochait avec les jambes de la dame et pourquoi elle ne pouvait plus bouger de son fauteuil. Ils l'avaient trouvé gentille par ailleurs, mais un peu ennuyeuse et elle posait beaucoup de questions d'une voix qui sentait le rance. Alors qu'ils s'apprêtaient à prendre congé, la grille d'entrée avait raclé sur ses gonds et ils avaient entendu le pas lourd et pesant sur le parterre de gravillons dans le jardinet. Elle avait hurlé :

— Biquet ! Viens dire bonjour à qui nous rend visite !

Le gardien du cimetière était entré et le plafond semblait presque trop bas pour lui. Cédric et Julie se dirent que c'était peut-être pour cette raison que le géant avait pris l'habitude de se tenir souvent la tête penchée. L'autre les avait considérés ahuris avant d'ôter ses lunettes pour les essuyer d'un mouchoir souillé. Les enfants sortis ils avaient pouffé de rire. L'étonnement et l'hypothèse zoologique écartée (qu'est-ce que c'est un biquet? Pourquoi l'appelle-t-elle comme ça? Tu crois que c'est une chèvre? Mais non, ce n'est pas ce qu'elle a dit et tu as mal entendu!), l'on opta pour une solution beaucoup plus prosaïque. Un briquet, c'était ce que Papa utilisait pour allumer les bougies des gâteaux d'anniversaire. Avec le « r » qui roulait, cela sonnait plus âpre et dur, cela faisait peur. Cela semblait beaucoup plus approprié. Brrrrriquet…

Cédric et Julie étaient deux gamins curieux et d'aucuns auraient dit qu'ils fourraient leur nez partout. Cette nature et leur situation juste à côté du cimetière firent qu'ils éventèrent peu à peu certains aspects du secret de Briquet lors des grandes vacances d'août. Tout commença par les périodes de fermeture impromptues du cimetière. L'endroit n'était d'ordinaire clos que la nuit pour éviter qu'il ne devienne le point de rencontre de jeunes en maraude. Or il arriva à Briquet de verrouiller la porte et de garder le lieu sous clef de son propre chef pour trois ou quatre jours d'affilée. Personne n'y prêtait trop attention. Il se trouvait bien une petite vieille en caban à se casser le nez devant la porte cadenassée, à tourner la poignée, ne pas comprendre, essayer de forcer mais rien n'y faisait. C'était comme ça et voilà tout et il ne servait à rien de se poser des questions. Les morts pouvaient bien attendre. Au maire qui avait croisé le simplet et demandé quelle était la raison de tout ce petit manège, il avait répondu de sa voix gutturale et traînante, entrecoupée d'hésitations:

— Je re… re… mets… en… ordre…

Or les deux enfants étaient aux premières loges et ne perdaient pas une miette de l'étrange remue-ménage. Comme ils campaient une nuit dans le jardin, ils avaient été réveillés des bruits de pioche et de pelle de l'autre côté du mur. Quand les portes s'étaient enfin rouvertes trois jours plus tard, ils s'étaient engouffrés à l'intérieur et avaient été déçus de ne constater aucun changement ou travaux visibles. Nul caveau, nul escalier ne menant à de nouvelles cryptes ou un ailleurs caché. Les mauvaises herbes étaient toujours là. Tout au plus voyait-on que du côté des tombes les plus anciennes, tout au fond, la terre avait été retournée, mais cela ne présentait pas grand intérêt. Le bout sale d'un tuyau rouillé émergeait de quelques centimètres de la terre meuble comme la cheminée d'une épave. Ils étaient restés dans ce quartier du cimetière, allant jusqu'à se mettre à quatre pattes en se demandant si quelque chose leur échappait. Ils n'avaient pas tout de suite perçu l'ombre qui s'étendait sur eux, et la voix les avait fait tressauter pour promptement se redresser.

— Sales petits foui… fouineurs !

Ils peinèrent à reconnaître Briquet. Celui-ci avait toujours été source des moqueries et quolibets des enfants du village, bien qu'on le craignît tout en même temps pour sa masse et sa carrure hébétée. Or ils découvrirent pour la première fois sous ces oripeaux de mollesse et de simplicité quelque chose d'autre se dévoiler. Les traits convulsés de rage, la peau flasque de ses joues était striée de rouge et ses yeux étaient devenus fous. Dans ce visage d'ordinaire lénifiant, c'était l'expression d'une malfaisance avide et scrutatrice. D'instinct, Cédric s'était réfugié derrière sa sœur et retenait ses larmes. Les poings sur les hanches, Julie s'était interposée et d'un ton plus sûr qu'elle ne l'était vraiment, avait répondu :

— Calme-toi, Briquet. Nous n'avons rien fait de mal !

Lui ne comprenait pas que les enfants du quartier l'appelassent ainsi ce qui le mettait d'autant plus en rogne, et il avait hurlé :

— Pas en… droit… pour… vous… Dehors !

Ils s'étaient enfuis en courant, ne sachant trop que penser de cette colère subite. Les enfants ne bravent pas les interdictions des adultes, mais avec Briquet cela ne comptait pas vraiment, cela n'était pas pareil. Sa double nature révélée, Cédric et Julie étaient persuadés que le gaillard avait quelque chose à cacher. Une enquête et surveillance rapprochées s'imposaient. Il fallait montrer la plus grande prudence pour ne pas déclencher l'ire du géant malfaisant qui sommeillait derrière le gros benêt. L'on avait commencé de remplir un petit cahier à spirale des faits et indices collectés au jour le jour, agrémentés de croquis et schémas divers aux crayons de couleur.

*
* *

Lundi, 07 h 00 – récit de la nuit

Nous avons observé Briquet revenir lourdement chargé d'un sac sur le dos. Il avançait en soufflant aussi vite que son fardeau le lui permettait, semblait éviter la lueur des réverbères dans la rue et jetait des coups d'œil alentour comme s'il avait peur d'être surpris. Le sac paraissait diablement encombrant. Sans doute l'objet de quelque cambriolage. Cela expliquerait les travaux qu'il fait au cimetière en cachette : il doit y enterrer son butin.

Julie considéra son dernier paragraphe et satisfaite, claqua de la langue. Il faudrait publier ces comptes rendus dans la gazette de l'école à la prochaine rentrée scolaire. Peut-être deviendrait-elle journaliste plus tard ? Elle mâchonnait le bout de son crayon en restant les yeux dans le vague. Qu'y avait-il donc dans ce sac, et quel avait pu être l'objet des rapines de Briquet ? Il faudrait creuser pour en avoir le cœur net, mais ce n'était pas un travail pour des enfants !

Cependant l'hypothèse de Cédric et Julie se vit compromise dès le soir même. Le dîner passé, Papa et Maman somnolaient devant la télévision. Les deux gamins devaient être partis sous la tente dans le jardin, préparer leurs duvets et menues affaires en prévision d'une nuit de camping. On ne savait pas quelle mouche les avait piqués ces gosses, ils étaient anormalement calmes depuis quelques jours. Loin de la douce quiétude que leur prêtaient leurs parents, les enfants se tenaient en embuscade. Ils restaient à l'affût des faits et gestes du suspect Briquet qu'ils surveillaient comme le lait sur le feu. L'un était posté dans un buisson près de la barrière avec comme champ de vision l'enfilade de la rue jusqu'à l'entrée du cimetière. L'autre était près du mur, tendant l'oreille et guettant le moindre bruit sortant de l'ordinaire. Ils avaient repéré le géant s'engouffrer à l'intérieur avant que de soigneusement cadenasser la porte derrière lui. Allait-il remiser quelque nouvel objet, ou s'adonnait-il à la contemplation solitaire de son butin à la faveur de l'obscurité ? Il aurait fallu passer la tête de l'autre côté pour voir mais ils avaient bien trop peur de se faire surprendre. Le temps s'écoulait interminable dans la fraîcheur du soir. Cédric luttait pour rester éveiller. Ils allaient abandonner pour partir se coucher lorsqu'un faible murmure avait troublé la nuit. Puis, ce fut le débit haché, reconnaissable entre tous.

— Pas pleu… rer… Chan… ter…

Les deux s'agglutinèrent contre le mur pour tenter de mieux percevoir ce qui se tramait dans le cimetière de l'autre côté. Il paraissait que Briquet n'était pas seul, mais le filet de voix était imperceptible et mourrait en un chuchotement. Il y eut un cri étouffé, et de nouveau Briquet :

— Pe… tit… lu.tin… Si… Tu… chan… tes… te… fe… fe… rai sor… tir…

Julie fronça les sourcils. La situation était devenue par trop incompréhensible. Ils ne pouvaient pas rester là les bras ballants. Tout apeurés qu'ils fussent, il fallait prendre le risque.

— Cédric, monte sur mes épaules et dis-moi ce qu'il se passe.

— Je ne peux pas ! j'ai trop peur !

— Tais-toi et fais ce que je te dis !

Le garçonnet monta en tremblant sur les épaules de Julie. Juché de la sorte, il arrivait la tête au-dessus du mur et balayait l'autre côté du regard. Ses yeux ne parvenaient pas à percer la masse diffuse des tombes dans l'obscurité et il craignait trop de se faire repérer. Il somma sa sœur de le redescendre et fut rassuré de retrouver la terre ferme sous ses pieds. En réponse à Julie qui le questionnait, il haussa les épaules. Rien de rien. Il faisait trop noir et il n'avait rien pu voir.

Un long gémissement survint avant que le silence ne régnât à nouveau dans la nuit noire. Cédric chercha la main de sa sœur dans la pénombre :

— Est-ce que c'est le petit lutin qui est malheureux ?

*
* *

Pendant deux ou trois jours le cimetière resta fermé. Un fragile murmure troublait par intermittence la quiétude des lieux. Ce fut le branle-bas de combat à la maison. On se documentait sur les lutins, les trolls et farfadets, sur le peuple des rêves et des fées. Étaient-ils invisibles, ou vivaient-ils sous terre ? À quoi ressemblaient-ils, et quel était leur commerce avec le commun des mortels ? Le cahier à spirales se couvrait de notes et de dessins.

Mercredi, 12 h 00 – récit de la journée

Il nous incombe de voir sans être vu. Nous allons pour cela nous inspirer des plus hautes technologies, et mettre au point notre périscope de surveillance. Nous pourrons ainsi découvrir ce que cachent les agissements de Briquet le fourbe.

Il fallut récupérer de vieux morceaux de carton à la cave et quelques miroirs à main de Maman dans la salle de bains (si elle ne s'en apercevait pas, c'est qu'elle n'en avait pas besoin). On tira des traits à la règle, coupa, colla généreusement, ajusta avec de la patafix. Julie était satisfaite du travail accompli et Cédric se chargea des décorations. Deux tubes de gouache grise furent consommés à la tâche. Pendant ce temps l'on voyait Briquet arriver parfois, exhiber la clef de la poche de son pantalon, ouvrir avant que de se barricader à double tour pour ne ressortir que des heures plus tard. Ce fut lors d'une de ses incursions que le périscope fut mis en œuvre. Les deux enfants maintenaient tant bien que mal l'ustensile brinquebalant à la verticale suivant le mur de façon à voir ce qu'il se passait de l'autre côté dans le cimetière. Chacun voulait observer et les deux se chamaillaient à qui mieux mieux en chuchotant et veillant à ne pas trop hausser la voix. Le long manche peinturluré tanguait au gré de leurs empoignades.

— Donne-le moi ! Tu as déjà regardé !

— Chut ! Tais-toi, je l'ai vu !

L'image réfléchie par le miroir n'était pas très claire, mais Julie avait perçu la forme parmi les tombes. Il était étendu de toute sa masse sombre à même le sol. On eût pu croire qu'il dormait, mais il avait le corps courbé en une posture grotesque, le bras droit replié et la main en cornet sous son oreille.

— Qu'est-ce qu'il fait ?

— Je crois… Je crois qu'il écoute !

— Qu'est-ce que vous fabriquez encore vous deux ?

Tout à leurs observations, ils n'avaient pas vu Papa se glisser derrière eux. De surprise, ils avaient laissé choir l'appareil qui avait raclé contre le mur avant de s'écraser par terre, épandant bouts de cartons, scotchs et morceaux du miroir qui s'était brisé en deux dans la chute. Ils auraient bien souhaité lui dire qu'il ne fallait pas parler aussi fort, et bredouillèrent quelques justifications vaseuses. Julie expliqua que le dispositif leur permettait d'observer les oiseaux perchés dans le haut mélèze du cimetière. Elle avait décidément réponse à tout. Elle prêtait l'oreille entre deux explications : pourvu que Briquet, de l'autre côté du mur, ne les aient pas mis à découvert ! Cela serait bien miracle. Papa satisfait de leurs allégations rentra, tandis qu'ils ramassaient les décombres parcimonieusement.

*
* *

Passé ces quelques jours, tout redevint normal. Les portes s'ouvrirent en grand et l'on pouvait de nouveau circuler dans le cimetière comme si de rien n'était. Cédric et Julie s'y étaient précipités, espérant comme à chaque fois découvrir quelque nouveauté qui leur eût échappé. À quoi Briquet prêtait-il l'oreille ? Quel était le secret enfoui en ces lieux ? Sitôt entrés, un silence pesant les enveloppait comme un linceul. Tandis qu'ils marchaient parmi les tombes, ils sentaient une invisible présence hanter les alentours. On retourna examiner le carré de terre fraîchement retournée. C'était là qu'ils avaient de leur périscope entraperçu Briquet étendu de tout son long, et l'oreille plaquée au sol. Julie avisa le morceau de ferraille qui en émergeait. Le tuyau devait faire cinq centimètres de diamètre, et était tel cet autre morceau de tuyau qu'ils avaient remarqué naguère en un autre endroit du cimetière sans trop alors y avoir prêté attention. Elle commença par y jeter un œil mais dieu savait jusqu'où cela descendait et il lui sembla impossible de percer l'obscurité en dessous. Puis avec répugnance elle approcha l'oreille du tuyau jusqu'à en toucher le rebord poisseux. Elle ferma les yeux et se concentra pour écouter. Rien. N'y tenant plus — qu'avaient-ils à perdre? – elle s'en saisit comme s'il se fût agi du tube acoustique d'un bateau reliant la passerelle à la salle des machines.

— Ohé, il y a quelqu'un?

L'écoute anxieuse reprit, et en un instant, Julie sursauta. Sous la surface, en bas, il y avait quelque chose ou quelqu'un, et cela lui répondait. Oh c'était infime bien sûr, tel un léger tapotement sur le bord en métal, ou l'imperceptible tic-tac des aiguilles d'une montre, mais c'était indubitablement là l'espace d'un instant avant que de s'arrêter. De nouveau elle plaqua un œil sur l'ouverture et tenta de déceler ce qui était plongé dans ces ténèbres, puis se jeta en arrière. Là-dessous, cela avait bougé.

Ils étaient sortis en courant à perdre haleine. À Cédric qui la harcelait de questions sur ce qu'elle avait vu, elle n'osait pas même lui répondre. L'incompréhensible se présentait à elle en une large avenue bardée de panneaux chimériques et incongrus. Il fallait se rendre à l'évidence. Il était des choses qui vivaient sous le cimetière. Briquet l'idiot, Briquet le simplet, lui qui semblait si étranger au bon sens des grandes personnes, lui le savait et communiquait avec elles. La semaine passait et Julie ressassait les derniers évènements sans trouver d'explications. Elle n'avait jamais rien entendu de tel, sauf bien sûr dans les histoires pour enfants. On était là dans le surnaturel.

S'agissait-il de lutins comme il les appelait ? Était-ce gentil, était-ce méchant ? Cela vivait dans les couches d'humus parmi les racines et les vers, cela ne devait forcément pas être très reluisant. Quant au sac encombrant dont ils avaient vu Briquet chargé, peut-être était-ce de quoi les sustenter, comme on donne les graines aux oiseaux. Ou quelque objet abscons pour mieux les comprendre ou les contrôler ? Julie avait hésité d'entretenir Papa de ces étrangetés. Elle le voyait s'occuper à tailler les rosiers et à arracher les mauvaises herbes du jardin et s'étonnait que lui-même ne remarquât jamais rien. Un scrupule l'avait retenue au dernier moment : elle savait qu'il hausserait les épaules et retournerait vaquer à ses occupations, ou pire encore, il ne manquerait pas de se moquer d'elle. Elle l'imaginait au prochain repas de famille : « voyez-vous, ma fille entend des voix – et quand elle est en forme, elle a des visions ».

Ne s'avouant pas vaincue, elle avait prétexté avoir aperçu quelque animal malade pour le tirer un jour jusque dans le cimetière. Elle espérait qu'avec ses yeux d'adulte, il percevrait et lui expliquerait ces choses qui dépassaient sa modeste compréhension d'enfant. Ils étaient restés vingt minutes à arpenter les allées parmi les tombes, mais rien à en tirer. Elle était restée en arrêt devant la terre fraîchement retournée et ce morceau du tube qui émergeait du sol, tandis que Papa consultait sa montre en soupirant.

— Es-tu sûre que tu n'aies pas rêvé ?

— Je me suis peut-être trompée, Papa. Dis-moi, sais-tu à quoi peut servir ce tuyau ?

— Bah…

Il avait levé les yeux au ciel pour expliquer ce que c'était qu'une canalisation, et que cela courait de-ci de-là et qu'il y passait tout et n'importe quoi. La moindre manifestation d'évènements sortant de l'ordinaire semblait s'être évanouie. Devant Papa et son assurance de grande personne, Julie fut presque convaincue. Peut-être tout cela n'avait été que le fruit d'une imagination débordante. Si elle avait vu quelque chose, tout au plus pouvait-il ne s'agir de quelque insecte ou rongeur galopant dans les canalisations. Les jours passèrent et ce fut la fin des vacances. La rentrée des classes porta son cortège de nouvelles activités qui chassèrent aventures et jeux, plongeant les deux enfants dans une morne routine et leur anesthésiant l'esprit. Tout au plus remarquait-on, comme le phénomène ne tarda pas à se répéter dans les mois qui vinrent, que des carrés de terre retournée se multipliaient dans le cimetière, chacun doté d'une nouvelle section de tuyau rouillé qui s'y enfonçait comme pour marquer l'endroit.

*
* *

Ils terminaient de dîner. C'était de la soupe à on ne savait pas trop quoi. Maman avait le chic pour ne révéler les ingrédients soigneusement mixés qu'une fois les assiettes terminées ce qui faisait pousser des hurlements aux enfants (quoi – vous avez réussi à nous faire avaler des courgettes et des haricots verts ?). La télévision roulait en fond sonore avec les informations en continu et des histoires d'adulte. Maman avait soupiré :

— Pauvres gamins. On finira par les retrouver cinq pieds sous terre.

Cédric n'avait pas compris et se demandait comment il pouvait échoir cinq pieds à quelqu'un qui n'en avait originellement que deux, et Julie lui avait expliqué qu'il n'en était rien et que c'était comme les bestioles qui couraient sous le cimetière. Il y avait eu un silence, puis Papa avait levé un sourcil interrogateur.

— Qu'entends-tu par là, Julie ?

Et comme en un déclic, Julie avait tout expliqué : pourquoi elle avait pris Papa par la main jusque dans le cimetière une après-midi de vacances, au prétexte de retrouver cet animal malade. Comment Briquet creusait des trous pour discuter avec ceux du dessous, et les périodes de clôture du cimetière ponctuées de cris et de pleurs pendant lesquelles on l'entendait marmonner, enfermé dans l'enceinte.

Le sac lourd et encombrant dont il était parfois chargé lors de ses expéditions nocturnes. Le cimetière était habité voilà tout, et ceux-là ne semblaient pas bien heureux en dessous et Briquet était leur ami. Les parents avaient échangé un regard.

— Comment savez-vous tout cela ?

— Eh bien, nous observons, Papa !

Nouveau regard entre les adultes. Julie se mordit les lèvres, se demandant si elle avait bien agi ou si elle allait être grondée. Papa avait replié sa serviette avant de prononcer du ton sentencieux de père de famille.

— Je vais aller voir.

— Attends demain ! Tu ne vas pas y aller en pleine nuit ! Ou appelle la police !

Tout comme un scrupule naguère avait saisi Julie à prévenir Papa de peur d'être moquée, la perspective de solliciter la police pour un rien sur la base de racontars d'enfants et de devenir la risée du village lui fit écarter cette possibilité. Ce n'étaient sûrement que des bêtises, mais la coïncidence était par trop gênante. Il voulait en avoir le cœur net.

— Veux-tu que je vienne avec toi ?

Non, il préférait y aller de lui-même. Qu'il se trouvât bredouille ou qu'il découvrit Dieu sait quoi (il n'osait l'imaginer), il préférait être seul pour affronter ce moment. Il redoutait au fond de lui-même manquer de courage, et ne voulait pas infliger ses atermoiements à sa famille. Les deux enfants furent placés devant la télévision avec défense d'en bouger. Sur le seuil de la porte du vestibule, Maman se tordait les mains en regardant son mari partir dans le noir. Celui-ci gagna l'entrée du cimetière, en tourna la poignée et pesta : le battant était verrouillé. Bien sûr, l'accès était interdit pour la nuit comme à l'habitude. Le doute le prit si sa femme n'avait pas raison, et s'il ne s'était pas emporté outre mesure. Pourquoi ne pas attendre le lendemain, après tout ? Il prit peur de semer le doute et l'angoisse parmi les siens s'il s'avouait vaincu et rentrait après si piètre difficulté.

On ne pouvait pas passer par l'entrée ? Qu'à cela ne tienne, il sauterait par-dessus le mur. D'ailleurs, il avait déjà surpris ses enfants le faire. Comme les deux plateaux d'une balance hésitent avant que la charge de l'un ne l'emporte, sa raison lui disait qu'il était en train de faire une bêtise, mais le regard des siens pesait sur ses épaules, l'obligeant à continuer quoi qu'il arrivât. Il attrapa le rebord et prit son élan.

Maman le vit escalader le mur avant que de disparaître de l'autre côté. Non, vraiment il exagérait ! Elle guettait dans le silence dehors et s'avisa que Cédric et Julie avaient subrepticement baissé le son du téléviseur dans la salle à manger. Les yeux rivés sur l'écran, eux aussi étaient plongés dans l'expectative du signe qui viendrait de l'autre côté du mur et qui les délivreraient de cette terrible attente. Il y eut un bruit sourd et les secondes se diluèrent en une éternité. S'était-il passé quelque chose ? Y avait-il bien eu un bruit ? Quelle en était la nature ? Était-ce un choc, un heurt, une masse molle s'écoulant à terre ? Elle se tordait les mains à s'en faire mal. Quatre, cinq secondes avaient dû s'écouler. L'angoisse était trop forte, et elle gagna furtivement l'endroit d'où Papa avait franchi le mur. Rien ne venait plus troubler le silence. N'y tenant plus, elle appela à voix basse :

— Chéri !

Même en se tenant sur la pointe des pieds, elle ne pouvait porter son regard de l'autre côté. Elle agrippa le rebord du mur et à la force des bras, se hissa pour tenter de voir ce qui se passait. Ses bras tremblaient comme elle restait accrochée, ses yeux s'accoutumant à l'obscurité. Les rectangles des tombes semblaient plongés dans un lavis d'encre noire. Puis elle voulut hurler mais le cri resta figé dans sa gorge. Une fraction de seconde le visage s'était révélé à elle, proche à l'en toucher. C'étaient d'abord ces yeux fous perdus dans un rictus tordu par la rage. Ils la dévoraient du regard, et tétanisée par la peur elle ressentit ce que ressent la proie tout près d'être engloutie. Des bajoues flasques et striées de rouge encadraient la bouche sale et dont la lèvre inférieure grotesque et pendante dégoulinait d'un filet d'écume. Elle lâcha prise et tomba lourdement en arrière.

*
* *

Briquet referma le couvercle de la caisse en un claquement sec, puis il enchâssa le tuyau dans l'orifice qu'il avait prévu à cet effet. Il s'extirpa de la fosse, se saisit de la pelle et commença de combler le trou à grandes volées de graviers et de terre humide. Parfois il s'arrêtait pour reprendre haleine et restait un instant à tendre l'oreille aux murmures d'en dessous. Il commençait de psalmodier comme s'il eût voulu se donner du courage :

— Mes… deux… pe… tits… lu.tins… Vous… en… bas… chant… ez… pour… moi… et… je… vous… fe… rai… sor… tir…

Puis il se remettait à l'ouvrage.

Sonia

La canonnade avait duré deux jours. Le tir des obus n'avait pas été particulièrement précis, mais il en était tombé tant que le hameau et ses alentours n'était plus qu'un gruyère bouillasseux. C'était miracle dans cette désolation que la ferme des H. n'eusse pas été touchée. Le Père était sorti en clignant des yeux dans l'air appesanti des fumées. Comme après un orage, il avait passé en revue la toiture, la cour de la ferme et jusqu'à la grange. Un obus était venu se perdre dans la cour, y laissant une cuvette de trois mètres de profondeur. Dans l'abri de l'étable, la vache Doucette semblait rester étrangère à ce déluge des hommes et continuait de manger placidement.

— C'est bon. Tu peux sortir.

H. avait vu sa femme emportée par une pneumonie comme leur petite fille Sonia n'avait que trois ans. Il ne s'était jamais remarié et avait pris en charge l'éducation de l'enfant depuis. Celle-ci avait grandi pour devenir une délicate adolescente sérieuse et parfois plongée dans de nonchalantes rêveries. Qu'elle était belle, la silhouette menue, les traits délicats non encore marqués des travaux des champs et sa lourde chevelure noire et chatoyante nouée à la diable. H. se prenait à soupirer. Qu'adviendrait-il lorsqu'elle le quitterait, charmée par quelque garçon des alentours pour se marier et fonder un foyer ? Chassées par d'autres préoccupations ces pensées l'accaparaient moins depuis que la guerre était survenue. Il fallait s'efforcer vivre désormais, survivre au jour le jour.

Les tirs avaient cessé, et ils avaient vu dans la matinée le groupe des soldats allemands. Ils n'étaient plus que cinq. Écrasés d'une lourde fatigue, s'étaient-ils égarés dans la grisaille infernale ? Voulant refluer vers leur cantonnement ils avaient échoué aux alentours de la ferme. Le reste de leur section était resté sur le carreau, ensevelis sous terre ou accrochés aux barbelés comme autant de pantins désarticulés. On lisait dans leur regard la détresse des bêtes traquées.

À la différence de ses compagnons d'infortune, le plus vieux qui faisait figure d'autorité et devait être gradé ne portait pas de casque à pointe mais restait nu-tête, un bandage sale lui couvrant l'œil droit. Il s'adressa à H., lui baragouinant quelque chose et faisant signe de manger et comme il parlait, son œil valide d'un gris clair s'avivait d'espoir. H. montra ses paumes vides, signifiant qu'il ne leur restait plus rien. Des Allemands étaient déjà passés. Puis des Français – puis de nouveau les Allemands. Et ils repassaient encore ! Chaque fois, une partie de la récolte et des réserves avait été prélevée, ainsi que des têtes du bétail. Il ne restait plus que Doucette dans la grange et quelques sacs de pomme de terre dans la remise. Dans l'œil gris clair, l'éclat s'était éteint. L'amorce de sourire s'était figée en un pli las et dédaigneux. Il avait reniflé d'un ton désapprobateur.

— Verdammte Französe !

H. avait esquissé un geste, mais déjà l'un des soldats armait son fusil pour le mettre en joue. Il ne devait pas avoir beaucoup plus de vingt ans, et le fin duvet blond qui parcourait son menton était parsemé de croûtes de boue. Les autres, la proie d'une folie avide, s'étaient élancés aux quatre coins de la ferme, enfonçant les portes et renversant les meubles en quête de rapine. Sonia s'était précipitée pour rejoindre son père, qu'elle serrait contre elle comme si elle eût peur de le perdre, toisant du regard le soldat qui les mettait en joue. Un des pillards qui dominait les autres par sa stature s'esclaffa en la dévisageant. En d'autres circonstances et autre appareil il eût pu porter beau. Le corps puissant il exerçait sa virilité en dépit de ses charmes fanés sous les couches de vermines et de crasse. Il lui avait adressé un clin d'œil et sa large mâchoire avait esquissé un sourire, avant que de rejoindre ses camarades dans le tour de la propriété. Un meuglement retentit dans l'étable. On avait trouvé Doucette. H. vit le gaillard ressortir à grand-peine, tirant à la force de ses bras la corde tendue au coup de l'animal, tandis qu'un autre poussait derrière. Elle résistait la pauvre, appréciant peu les gestes brutaux qui la conduisaient dehors et qui la changeaient tant des caresses affectueuses du fermier. Celui-ci voulut protester, mais le soldat qui le surveilla leva son fusil, lui enjoignant de ne pas bouger. H. considéra la vache, la dernière de son troupeau qui devait s'en aller, et une rage impuissante le prit. Sans penser à Sonia, qui était à ses côtés, il se jeta sur le soldat en face. Le jeune allemand fut pris de surprise, et son fusil dévié sous le choc partit, laissant fuser la balle qui alla se perdre dans la toiture. Tous se figèrent et restèrent une fraction de seconde à se dévisager, sidérés que le vieux paysan eut osé lever la main sur le jeune soldat. Celui-ci se dégagea, et d'un violent coup de crosse, mit H. à terre.

Ce n'était pas de la vengeance, ni de la perversité. Ils purgeaient leur conscience des tourments endurés. Ils exerçaient malgré eux une offrande païenne pour assainir leur âme endolorie et tenter de se libérer de leur pauvre condition d'hommes impuissant et rampant tels des insectes sous le terrible laminoir des bombardements. L'espace de cet instant, ils ne se terraient plus attendant la mort, mais se sentaient maîtres de leur existence et éprouvaient l'ivresse d'une liberté retrouvée avec ses excès, ses non-sens et ses folies.

Ils conduisirent H. à l'intérieur et l'attachèrent à une chaise avant que de le frapper à tour de rôle. C'est terrible de voir la chair d'un homme se meurtrir sous les coups comme celle d'un fruit. Le sang colle aux poings et gicle jusqu'aux murs. Le corps outragé et tordu, terriblement vulnérable, se couvre d'ecchymoses violacées et perd toute dignité. Dehors, Sonia hurlait mais le gaillard à la force stature l'avait ceinte de ses bras musculeux et la maintenait plaquée contre lui. Il serrait, et les ruades et les soubresauts du petit être frêle et palpitant avaient fini de l'émoustiller. N'y tenant plus, il la leva du sol et la portant à bout de bras, la prit jusqu'à la grange. Il eut un moment d'hésitation, et lança un regard vers la longère, où ses camarades hurlaient et soufflaient en s'acharnant sur H. S'avisant qu'il ne serait pas dérangé, et toujours chargé de son fardeau, il poussa la porte de la grange. Quelques filets de lumière passaient entre les planches disjointes du toit et peinaient à dissiper la pénombre. Assise à terre parmi le fourrage, Sonia fixait le géant les yeux rivés par la peur. Il n'avait plus cet air presque aimable et ses traits fiévreux s'étaient figés en un rictus malsain. Il la frappa de ses énormes paluches et elle crut perdre connaissance comme l'ombre autour d'elle se piquetait de blanc et que ses oreilles bourdonnaient. Elle sentit que l'autre retroussait sa jupe et la dévêtissait. Elle luttait pour rester consciente mais tout se déroulait comme si elle percevait chaque geste avec un temps de retard. Elle poussa un cri. C'était le cri de la rage, le cri de la peur, le cri ancestral de la femme profanée qui perd ce qu'elle a de plus cher. Elle se cramponna pour survivre au moment. Les petits points blancs qui tournaient autour d'elle se figèrent pour glisser en des lignes grises qui convergeant vers un puits noir et sans fond. Au-dessus d'elle, l'homme qui vagissait de plaisir se mit à vomir des paquets de sang.

Lorsqu'elle ouvrit les yeux, elle était à demi-nue et poisseuse des vomissures du cadavre étendu à ses côtés. Le pantalon sur les chevilles, il était recroquevillé dans la puanteur de ce qu'il avait rejeté. Elle se recouvrit à la hâte, se remit sur pied et tituba jusqu'au dehors. La lumière crue du soleil l'assaillit et elle se masqua les yeux. Il n'y avait nul bruit alentour et pour cause. Les traits convulsés et immobilisés dans des postures grotesques, les quatre autres soldats gisaient dans la cour, comme si la mort les avait frappés alors qu'ils tentaient de fuir. Elle les reconnut l'un après l'autre. L'officier dont le bandeau avait glissé révélait une mauvaise blessure qui lui avait rogné le côté du crâne jusqu'à l'orbite. Le plus jeune au menton parsemé de duvet blond et de crasse semblait pleurer avant que son visage ne se fût figé. Les deux autres reposaient à côté de la pauvre Doucette qui était tombée et tirait une langue grise et lamentable jusqu'à terre. D'un pas hésitant, elle gagna le seuil de la maison. À l'intérieur, le désordre était indescriptible. Au centre de la grande pièce aux murs zébrés des giclées de sang, un corps déformé et à la peau noircie par les coups, reposait lié à une chaise. Aux vêtements, Sonia reconnut son père.

La terre était molle et gluante des averses passées. Elle creusa une tombe au pied du merisier décharné qui flanquait l'entrée de la ferme. Son père une fois déposé au fond de la fosse, elle éclata en sanglots. Les mains jointes et reposantes sur la poitrine, comme il semblait triste et pitoyable. Elle ne voulait pas l'abandonner. Avait-elle jamais pensé vivre pareil moment, même dans le pire de ses cauchemars ? Elle n'avait pas eu le temps de connaître sa mère disparue en son bas âge et avait placidement accepté cette fin et ce moment où on lui avait dit : « ta mère n'est plus ». Quelle différence avec son père, qui avait été avec elle et pour elle en chaque instant de ces années. La mort pouvait frapper tout autour tant qu'elle voulait, mais l'idée même de voir disparaître le pilier sur lequel était bâtie toute sa propre vie n'avait jamais pénétré cet esprit simple. L'orage et les larmes passèrent, et elle recouvrit la dépouille et combla le trou. Elle eut un instant d'hésitation, puis s'occupa des cadavres des soldats. Elle ne pouvait laisser leurs corps exposés et sans sépultures, non qu'elle craignît que ce fût geste peu chrétien, mais car elle ressentait qu'exhibés de la sorte ils ne profanassent la terre chérie que son père avait travaillée et foulée toute sa laborieuse existence. Une fosse fut creusée où elle ensevelit les corps puis la grande carcasse de la vache. Elle projetait de grandes pelletées de boue mêlée d'argile et ses gestes saccadés se précipitaient. Les bras tétanisés par l'effort elle était la proie de pensées confuses et nerveuses, et se disait que ce travail n'allait jamais finir. Depuis combien de temps était-elle à l'ouvrage ? Elle termina et laissa choir la pelle, sans s'aviser qu'une patte de la vache émergeait du sol détrempé — reste pathétique.

Ses adieux faits à tout ce qu'elle avait aimé, Sonia s'enfuit. Elle avançait aussi vite que ses jambes pouvaient la porter, enfouissant l'horreur de ce qu'elle avait vécu sous les kilomètres et la fatigue.

Elle marcha des heures, des jours, droit devant elle, perdant toute notion de l'espace et du temps. Autour d'elle ce n'était que paysages désolés, gris et boueux. Au loin quelques arbres rescapés tendaient leurs bras noueux et brûlés vers le ciel. Encore plus loin, une file de silhouettes progressait lamentablement comme autant de petits scarabées pitoyables. De temps à autre, elle croquait une des pommes de terre qu'elle avait glissées dans un pli de ses jupons avant de partir, et s'arrêtait pour boire à la margelle d'un puits abandonné ou dans les flaques d'une eau saumâtre. Il fut peu longtemps avant qu'une douleur lancinante lui tordît les boyaux, la sortant de la torpeur dans laquelle son pas mécanique l'avait plongée. Une brume diffuse recouvrait tout, et jour et nuit se confondaient en un maelstrom indéfinissable. Les rayons du soleil ne parvenaient plus à percer l'opaque fumée des explosions tandis que les fusées éclairantes la nuit nimbaient les volutes de pâleurs multicolores. Elle progressait au milieu des charniers imprégnés de vase, s'enfonçant jusqu'aux genoux et prenait comme les soldats la couleur de la boue.

Il fut dans ce chaos un moment de calme où elle discerna au loin la silhouette d'une grande maison bourgeoise que les bombardements avaient jusqu'alors épargnée. C'était une belle bâtisse de trois étages aux grandes fenêtres et qui semblait souffrir d'un relatif abandon. Du toit d'ardoises violettes sortait une cheminée qui laissait échapper un mince filet de fumée. Le crépi de la façade se décollait par endroits, révélant le dessous de briques comme autant de cicatrices. Un perron aux marches craquelées menait à une porte à l'encadrure massive. La propriété était ceinturée de grilles dont la peinture s'écaillait, et l'on devinait un jardin derrière et quelques carrés d'un potager en friches. Derrière une des fenêtres du rez-de-chaussée, Sonia devina une forme à demi cachée qui semblait guetter derrière le rideau. Il y eut un mouvement à l'intérieur, puis la porte de l'entrée s'ouvrit. Une dame sortit et se tenant en haut du perron, lui fit signe d'approcher. Elle pouvait avoir la juste cinquantaine et ses cheveux sombres noués en un chignon haut étaient parcourus de reflets d'argent. D'une certaine corpulence, elle était sanglée d'un corset noir que prolongeait une jupe longue de la même couleur. Sa voix était teintée d'une calme et morne bonté qui contrastait avec l'éclat d'une vie soudaine qui brûlait parfois au fond de ses yeux.

— Entre mon enfant. Ne reste pas à l'extérieur.

Elle lui souriait et Sonia sentit tout à coup l'épuisement de ces harassantes journées de marche. Il lui semblait que cela faisait une éternité qu'elle n'avait plus entendu le son d'une voix, et naturel de se lier avec cette inconnue, comme le naufragé cerné par la houle s'accroche au récif. Hésitante, elle franchit la grille et l'autre lui saisit gentiment la main pour la conduire à l'intérieur.

— N'aie pas peur. Tu seras en sécurité.

Jamais Sonia n'était rentrée dans une si belle demeure. Dans l'immense vestibule parqueté d'un bois ciré, un large escalier à quart tournant montait jusqu'aux étages. Un feu crépitait dans l'âtre de la cheminée d'un marbre blanc veiné de gris et nimbait de lueurs chatoyantes la pièce, autrement plongée dans la pénombre car tous les rideaux étaient tirés. Le tableau d'une scène de chasse était suspendu au-dessus du foyer, et celui-ci semblait avoir souffert d'une mauvaise conservation car les couleurs et les teintes s'en affadissaient. Une grande table était dressée et couverte d'une nappe blanche que le temps avait légèrement jaunie. Sonia quant à elle ne pouvait pas s'empêcher d'écarquiller des yeux émerveillés devant cet intérieur si abondamment pourvu. Elle s'arracha à sa contemplation, et s'avisa que l'occupante des lieux la dévisageait avec bienveillance.

— Ma pauvre chérie. Je t'attendais. Dans quel état tu es !

Effectivement une croûte de terre la recouvrait de la tête aux pieds. Dans cet amas de crasse où l'on ne différenciait plus les vêtements de la peau, ressortaient juste ses yeux clairs et sa chevelure brunie de saleté.

— Je vais te préparer un bac d'eau chaude et tu pourras te débarbouiller. Je trouverai bien une robe qui te convienne pendant ce temps.

La dame trottait déjà vers une autre pièce et elle entendit une porte claquer. Il n'était plus temps pour elle de questionnements ou d'atermoiements. Elle sentait confusément qu'elle était arrivée à bon port après son long périple. Ivre du bonheur à se retrouver dans ce havre de calme, Sonia s'abandonnait à la douce quiétude et des larmes commencèrent de couler sur ses joues poussiéreuses.

*
* *

Plusieurs jours étaient passés, pendant lesquels Sonia avait retrouvé apparence normale et présentable. Une fois décrassée, elle s'était vêtue d'une robe de coton aux manches courtes ornées de dentelles et que l'on avait trouvée dans un des nombreux placards des chambres à l'étage. Ses anciens jupons rapiécés devenus irrécupérables étaient partis alimenter le foyer dans la cheminée. Elle reprenait des forces, et revenue à une alimentation saine quoique frugale, elle n'était plus la proie de ses vives douleurs d'estomac. Elle avait dormi tout son soûl, et un doux sentiment de tranquillité avait succédé à l'hébétude. Sans un mot, elle avait commencé à participer et contribuer aux activités de la maison. La demeure était immense pour une personne seule, et il y avait fort à faire pour la garder en état et en assurer le quotidien. Sans doute y avait-il eu des domestiques naguère, mais en ces temps troublés ils avaient dû partir les uns après les autres et la dame était finalement restée, seule dans l'imposante bâtisse.

Elle s'était d'abord attaquée au potager, ce qui lui rappelait ses travaux à la ferme de H. Elle s'amusa des nombreuses semences : radis, navets, carottes, panais, courges, haricots, pois et quelques pommes de terre. Chaque légume était en faible quantité et semblait avoir été planté par amusement plus que pour en tirer un réel rendement. Il fallut bêcher, biner, arracher les mauvaises herbes car le liseron avait commencé de prendre possession du territoire. La terre lui semblait propre, ici, par rapport à la gadoue poisseuse du dehors et elle aimait presser les mottes pour en sentir le grain filer entre ses doigts. Une routine journalière d'entretien du potager lui rendit bientôt fière allure, et les légumes poussèrent d'autant mieux dans le sol retourné et libéré des mauvaises herbes. En même temps que ces travaux d'extérieur, Sonia aimait à circuler dans la maison, donnant un coup de balai de-ci, de-là, et époussetant les meubles. Le vestibule à lui seul représentait des heures de nettoyage, et il lui prit plusieurs jours pour lustrer les marches et la rampe de l'escalier. À l'étage, de nombreuses chambres étaient condamnées. Il restait celle de son hôte, et elle-même dormait dans une petite chambrette qui avait dû naguère être celle d'une enfant. Il y avait également la bibliothèque aux étagères poussiéreuses couvertes de volumes aux reliures de cuir.

Non contente de se sentir utile, ces menus travaux lui permettaient de s'occuper et d'éviter de laisser son esprit oisif la proie de sombres pensées et réminiscences des évènements passés. C'était comme un voile noir qui drapait ces moments, et qu'il ne fallait surtout pas tirer. Père n'était plus, et c'était tout. Les circonstances étaient enfouies au fond d'elle-même et il n'était plus question de les en exhumer. Un matin comme elle aidait à éplucher les légumes pour la cuisine, elle avait commencé à parler et questionner son hôte.

— Je m'appelle Sonia. Comment dois-je vous appeler ?

— Tu peux m'appeler Madame Irène. Tu as un joli prénom.

La jeune fille notait sentencieusement dans sa tête.

— Où sommes-nous ?

— Nous sommes à proximité d'Arras. Il y avait un petit bourg non loin mais sans doute ne l'as-tu pas même vu. Tout a été rasé à l'occasion des assauts du mois dernier.

Arras… Sonia ne se souvenait pas son père avoir jamais mentionné ce lieu. Combien de kilomètres avait-elle parcourus ? Dans l'azur voilé des perpétuelles fumées et nuages des explosions, teintés de-ci de-là des fusées éclairantes, il lui semblait difficile en y repensant d'estimer le mouvement du soleil au-dessus d'elle tandis qu'elle avait marché. Avait-elle fait route vers le nord ?

— Lorsque je suis arrivée le premier jour vous disiez hier que vous m'attendiez ? Je ne suis pas sûre de vous avoir comprise, pourtant. Je ne vous connais pas, et ne vous ai jamais vue.

— Tu as raison. Je t'ai vue en rêve, tout simplement. Cela t'étonne, n'est-ce pas ? Je te raconterai cela plus tard.

Sonia ne put réprimer une moue dubitative. Elle espérait ne pas être tombée chez une dingo ce qui eût pu expliquer qu'elle habitait seule et recluse. Heureusement rien ces quelques jours passés ne le laissait présager, et tout revêtait l'aspect d'une tranquille normalité.

— Vous ne craignez rien à vivre seule ici ? Tout est détruit et c'est la guerre, dehors.

Madame Irène esquissa un sourire triste.

— Non, je ne crains pas. De là à dire que je n'ai rien à craindre… Je sais que c'est la mort qui règne à l'extérieur, et que celle-ci peut vous frapper à chaque instant. Peut-être sera-ce elle demain, après toi, qui se présentera à la porte. Mais je ne la crains pas. C'est ce qui est après… Comprends-tu ce que je veux dire ?

Sonia eut un instant de réflexion avant que de répondre, fronçant les sourcils.

— Vous voulez dire, le paradis et l'enfer ?

L'autre eut un petit gloussement.

— La bonne enfant. Tu vas rester une période avec moi, le temps que les choses se calment dehors.

*

* *

Sonia restait active la journée pour ne pas laisser de mauvais souvenirs l'envahir. La nuit cependant, des cauchemars commencèrent de la hanter. C'était le visage méconnaissable de H., tuméfié par les coups. Puis la pénombre de la grange. Elle se souvenait les corps des soldats dans la cour de la ferme. Éprouvait-elle quelque remords ? Et pourquoi cela aurait-il dû être ? Elle n'était pas responsable de leur mort ! Or une petite voix au fond d'elle l'accablait du contraire. Et quand bien même cela aurait été, ils n'avaient eu que ce qu'ils méritaient ! Elle se réveillait sur le coup des trois heures de la nuit, et peinait à retrouver le sommeil.

Aux côtés de Madame Irène, les tourments nocturnes s'estompaient le matin et la vie reprenait des semblants de normalité. Après les travaux dans le jardin, le ménage et la préparation des repas, la jeune fille aimait à retrouver son hôte dans la fin d'après-midi pour une collation et une tasse de thé. C'était l'occasion de menues discussions, et petit à petit Sonia prenait confiance et parlait d'elle et de son passé, sans révéler plus qu'H. avait disparu dans des circonstances qu'elle ne voulait pas dévoiler. Irène l'avait considérée une fois en souriant et murmuré doucement :

— Tu es quelqu'un d'extraordinaire. Ton père ne te l'avait-il jamais dit ?

Sonia s'était sentie mal à l'aise que l'autre mentionnât son père. Elle ne voyait par ailleurs pas ce qu'elle avait de particulier, n'étant qu'une petite fille des campagnes. Elle avait exprimé une surprise gênée et le silence se fit un moment, la conversation menaçant s'arrêter. Irène quant à elle restait pensive. De fines rides plissaient son front comme elle semblait s'animer d'âpres réflexions avant que de reprendre :

— Tu as bien voulu me parler de toi. Peut-être dois-je t'en dire plus sur la vieille femme que je suis.

Elle prit une grande inspiration.

— Je sens les énergies qui vibrent autour de moi. Quand j'avais ton âge et plus jeune encore peut-être, je ne savais pas pourquoi j'étais différente des autres petites filles. Je ressentais ce que personne ne voit. Je ressentais l'aura des gens, ce qu'il y avait de bien ou de mal en eux. J'ai appris avec l'âge à développer et maîtriser cette faculté. Je pouvais non seulement voir ces courants d'énergie, mais également les canaliser, les contrôler et les repousser. L'on m'a appelée médium et fait venir à Paris où j'étais installée comme une reine dans de somptueux appartements. Là, pleine d'illusions j'ai voulu aider et rendre meilleurs ceux qui me sollicitaient. L'on m'a ensuite offert beaucoup d'argent pour réaliser des choses veules ou irréalisables. Le commun des gens ne peut s'empêcher de faire commerce de nos activités alors même qu'elles dépassent leur entendement. Tu n'as bien sûr jamais mis les pieds à Paris ?

Elle jeta un regard à Sonia, s'assurant que celle-ci l'écoutait toujours et ne s'était pas assoupie.

— Ah, Paris… Les cafés et les music-halls, les grands magasins, les promenades en calèche et les hommes aux moustaches luisantes qui vous accostaient sur les avenues… J'y suis restée des années. J'ai amassé une fortune et profitais de la vie, jusqu'à ce que je réalise que je faisais finalement plus de mal là-bas que de bien par mes agissements. Notre don n'est pas simplement utilisé et peut-être facilement être exploité à mauvais escient. Pour quelques appels à l'aide émouvants, il y en avait un grand nombre qui émanait d'illuminés, d'escrocs, d'hystériques, ou d'autres se voulant inventeurs du mouvement perpétuel. Tu vois cette pièce d'un franc tourner et tu te demandes si elle va tomber côté pile ou côté face. On te demande de déployer les forces de ton esprit pour qu'elle parvienne côté pile et tu t'y emploies, or est-ce une bonne chose ? Peut-être l'est-ce de façon élémentaire pour la personne qui te sollicite, mais est-il quelqu'un d'autre dans le contexte et l'environnement dont tu n'as pas conscience et qui se verra au contraire affligé que le côté face ne soit pas ressorti ? Tel est le terrible dilemme que nous rencontrons chaque jour dans l'exercice de notre don.

Sonia n'en croyait pas ses oreilles. Il était arrivé du côté de leur ferme qu'un voisin les entretint de quelque vieille commère qui avait le mauvais œil, mais elle-même n'avait jamais prêté l'oreille à de tels racontars. Tout cela ne lui semblait pas beaucoup plus vraisemblable que personnage tiré de conte de fées. Madame Irène sembla lire dans ses pensées :

— Tout cela doit te paraître bien extraordinaire, n'est-ce pas ? Telle est pourtant le fil de mon existence, placée sous le sceau de prédispositions à sonder l'âme et influer dans la mesure de mes possibilités le cours des événements. Or venons-en à notre sujet : toi. Comme je te le disais, je t'ai vue dans mes rêves, il y a déjà longtemps de cela, alors que la guerre commençait à peine. Je t'ai vue, petite, seule et misérable, progresser sur le chemin et parvenir jusqu'au fronton de la maison. Je t'ai vue exactement telle que tu es arrivée ce premier jour. Pour avoir déjà eu des songes de la sorte, c'était la première fois de toute ma vie que je percevais un visage avec une telle force et netteté. Cela m'amena à penser que quelque chose de hors du commun devait t'animer pour frapper ainsi mes talents de médium.

Madame Irène s'arrêta, écarquillant les yeux et semblant attendre que Sonia répondît. Que lui dire ? Quoique flattée et un peu honteuse de l'attention qu'on lui portât, Sonia ne savait comment expliquer à Madame Irène qu'elle se trompait et qu'elle n'était rien qu'une petite fille commune et que le malheur avait frappée.

*

* *

Les cauchemars reprenaient pour laisser Sonia exsangue au petit matin. C'était un sentiment mêlé de peur et d'incompréhension qui la tourmentait jusqu'à l'épuiser. Dans l'obscurité de sa chambre, se tournant et se retournant dans son lit elle se remémorait le corps supplicié de H. et paradoxalement, cette vision avait quelque chose d'intelligible et de rassurant. À côté, la fin abrupte et soudaine des soldats dans la cour et cet homme qui avait essayé de la violer, finissant courbé à terre en balbutiant et vomissant ses entrailles, tout cela dépassait les limites de son entendement et de son imagination et la terrorisait. Elle croyait alors se retrouver dans la grange, puis des étoiles vacillantes tourbillonnaient autour d'elle, de plus en plus vite.

Elle perdait connaissance et basculait dans un puits qui l'aspirait et elle se laissait tomber, tomber…

Madame Irène considérait le ton hagard de la jeune fille au petit-déjeuner et lui enjoignait doucement à s'ouvrir à elle, ce à quoi Sonia se refusa au début. Puis à force de persuasion, elle lui révéla des bribes de ce qui s'était passé, l'arrivée des pillards à la ferme, son père martyrisé, l'outrage qu'elle avait enduré et les sépultures qu'elle avait creusées avant de prendre la route. Or comme elle se confiait ainsi, elle pensait y trouver un réconfort mais un trouble sentiment continuait de lui étreindre le cœur, tandis que Madame Irène l'écoutait, prudente et hochant la tête. Sans douter de l'honnêteté de Sonia, elle devinait que celle-ci devait à son insu garder une vérité cachée au plus profond d'elle-même, et que son subconscient lui interdisait de révéler.

Un matin frais et humide, Sonia était allée chercher un chargement de bûches pour entretenir le foyer qui peinait à réchauffer le vaste vestibule. Munie du tisonnier, elle était restée un moment à disposer les braises rougeoyantes. Elle s'abîmait dans la contemplation des flammèches qui virevoltaient dans l'âtre de la cheminée et léchaient le bois qui craquait pour se consumer.

— Spectacle fascinant, n'est-ce pas ?

Madame Irène était parvenue sans bruit derrière elle. Elle acquiesça, un peu gênée d'avoir été tirée de la douce quiétude dans laquelle son occupation l'avait plongée.

— Restons donc là un instant à nous détendre et profitons du moment. Nous trouvons peu de répit le reste de la journée.

Elle paraissait si bonne et contente qu'elle fût à ses côtés, comme Sonia elle-même était contente d'être là. Était-ce semblable sentiment d'une fille envers sa mère ? Madame Irène lui demanda de fermer les yeux et elle obéit docilement. Naturellement, elle sentit le battement de son cœur ralentir et le souffle de l'air habiter et quitter son corps au gré de sa respiration. La voix lui paraissait soudainement venir de loin et elle n'y prenait plus garde. Sombrant dans une quasi-somnolence, elle imaginait se perdre dans la fixation d'un point du brasier. Elle ne savait plus si elle en était la spectatrice ou si elle faisait corps avec celui-ci. La voix de nouveau lui parut, et elle était cette fois claire, limpide et il était inconcevable de ne pas obtempérer.

— Pourquoi ne me racontes-tu pas de nouveau ce qui s'est passé ce jour-là ?

Sonia reprit le récit. Elle décrit les senteurs et la pénombre de la grange, où le gaillard la maintenait au sol. La douleur, la honte, la terreur de l'inconnu et la myriade de ces petits points qui tourbillonnaient dans l'espace comme son évanouissement venait. Les flammèches du brasier, sardoniques et rassurantes, lui disaient qu'elles pouvaient parler alors elle parlait et réalisait que ce qu'elle avait vécu là-bas n'avait pas été cette illusion qu'elle avait voulu évacuer pour mieux la reléguer au fin fond de sa conscience. Tandis qu'à même le sol de la grange Sonia luttait pour ne pas sombrer sous l'assaut des outrages qu'elle subissait, les nuées qui lui troublaient la vue s'étaient animées et dans l'inconcevable réalité elles avaient pris forme pour s'agripper aux corps des intrus au domaine et dévorer leurs âmes. En une fraction de seconde la vie avait quitté les corps misérables pour les laisser dans des poses grotesques, puant de bile et de sang.

Un hurlement tira Sonia de son état semi-éveillé. Elle trouva tout à coup qu'un courant glacial s'était répandu dans la pièce.

— Dieu ! qu'ai-je abrité là !

Les poings serrés sur la bouche comme pour empêcher le cri d'en sortir, Madame Irène avait les traits figés et déformés par la peur. Le visage naguère toujours aimable et bienveillant était devenu une grimace pitoyable, qui la scrutait de ses yeux exorbités par l'horreur. Jusqu'à quel degré les explications de Sonia lui avaient-elles révélé l'indicible et troublé les frontières de sa raison ?

— Tu m'as trompée ! Je t'ai recueillie car je sentais l'énergie en toi et je te pensais portée sur de grandes choses. Mais ce ne sont que malheurs et ténèbres. Va-t'en ! Va-t'en et puisses-tu trouver la mort dehors avant que de toi-même, tu ne répands le mal autour de toi !

Ce qu'entendant, Sonia, qui pensait avoir pour de bon trouvé un refuge et une aînée qui veillait sur elle, se mit à trembler et ses yeux s'embuèrent de larmes. Tout juste sortie de la douce léthargie où elle s'était plongée, elle ne comprenait pas ce qui lui arrivait et recevait pêle-mêle les invectives et les menaces de la vieille. Elle n'était pas mauvaise de la sorte et ne méritait pas pareil traitement ! La honte d'être en faute malgré elle, la peur, le refus et la rage la saisirent tour à tour. Le choc était tel, qu'elle se crut défaillir.

*

* *

Depuis la casemate 40, le lieutenant Lancelot vit l'explosion zébrer le ciel. De ses jumelles, il perçut dans les volutes les derniers débris retomber à des centaines de mètres alentour. Alors ça, c'était extraordinaire ! La maison, cette grande demeure bourgeoise restée miraculeusement debout dans le no man's land et qui aurait pu sembler abandonnée si un filet de fumée ne s'était pas de temps à autre échappé de la cheminée, s'était littéralement volatilisée ! Elle était pourtant loin derrière leurs lignes et l'on n'avait pas même entendu d'obus siffler ! À moins que ce ne fût quelque mine, ou tout simplement un stupide accident ? Le nuage de poussière se dissipait lentement, et il hoqueta d'étonnement. Là-bas, une jeune fille titubait au beau milieu des ruines, hagarde dans sa robe blanche réduite en lambeaux.

Edmond

Son allocution était terminée et le voyant de la caméra s'éteignit devant lui. Allais contempla d'un œil satisfait le grand bureau d'acajou, réajusta le nœud de sa cravate et réprima un sourire avant de se retourner vers l'aréopage de ses collaborateurs.

— Ai-je été bien ?

— Vous avez été parfait, Monsieur le Président.

Oui, il avait été parfait. Depuis les chiffres qui étaient tombés la veille au soir, l'annonce des résultats, sa victoire confirmée, il avait pris possession des lieux. Il avait éjecté le précédent locataire d'un condescendant geste de la main. Des vieillards chevrotants de la classe politique avaient poussé de hauts cris, relayés par des médias bien-pensants sur ce qu'ils qualifiaient des méthodes de voyou. Il n'en avait cure, et écrasait tout sur son passage tel un bulldozer. N'était-ce pas pour cette raison qu'il avait été élu ? Les urnes l'avaient hissé aux sommets pour reléguer l'ancien monde dans les livres d'histoire. Il lui semblait avoir attendu ce moment toute sa vie et il était bien décidé à en profiter jusqu'au bout. Enfant sur les bancs d'école il avait eu ces rêves de grandeur, écrasait (déjà !) ses concurrents pour être nommé délégué de classe. Élève brillant il avait naturellement intégré les Études Politiques et joint un parti dont il avait savamment gravi les échelons, et quand l'ascension ne semblait plus le porter assez vite ni loin, avait fondé son propre mouvement.

— Bien. Continuons de là où nous en étions alors.

Sa première allocution télévisée du siège de la présidence terminée, il continuait au pas de course, enchaînant la visite des lieux, rendez-vous et découverte préliminaire des dossiers brûlants. Il avançait tel le chef de ballet parmi les danseurs qui s'écartaient pour mieux les rejoindre au détour d'un couloir ou d'une pièce en tourbillonnant. Binoclard était l'espèce de majordome – il avait oublié le titre exact, et peu lui importait d'ailleurs – qui faisait visiter l'étage. Il avait le teint jaune et les verres de sa monture épais comme des tessons de bouteille. Il semblait d'un naturel craintif, et redouter quelque accès d'humeur du nouvel occupant des lieux. Allais avait sa réputation et le cortège de surnoms qui l'accompagnaient : le tueur, le flingueur, le requin…

— Monsieur le Président ? La salle de réunion de crise, Monsieur le Président.

Dans la lumière tamisée des lampes halogènes, on découvrait une longue table de seize places bordées de fauteuils de cuir, puis deux petits bureaux sur les côtés d'où l'on pouvait avoir sous la main certains secrétaires d'État aux affaires sensibles et judicieux conseils. Sur la longue table, les webcams et les micros alternaient avec les drapeaux du pays et des corps d'armées. Un grand écran blanc tapissait le mur du fond. C'était très photogénique tout cela, il faudrait s'arranger pour faire une ou plusieurs prises en ces lieux avec certains de ses ministres. Il visualisait déjà, imaginait les gens, les mines studieuses et attentives, les fonds et les couleurs. Il faudrait se débrouiller pour faire la une des magazines.

On continua le tour. Présentation du chef de la sécurité. Planning des rendez-vous pour la journée du lendemain. Première échéance avec la nomination du premier ministre. Les intervenants se pressaient autour de lui, l'un chassant l'autre, tels des courtisans. Binoclard au teint jaune était toujours là, suivi de Pimprenelle à la valise marron, Costume noir (il ne l'avait jamais vu, celui-là), puis de Fifi sourire carnassier. Il s'arrêta au milieu d'un couloir et signifia qu'il tenait à rester seul un moment. Il se tint un instant à la fenêtre, contemplant le spectacle de l'extérieur. Dehors, c'était la nuit qui enveloppait la mégalopole, et constellée des multiples lueurs de la ville comme autant d'étoiles. Les gens, les voitures, circulaient en leur immuable et frivole petit manège. D'une certaine façon, tout cela était à lui désormais, et il eut un sourire attendri. Il sentit tout à coup quelqu'un lui tirer la manche, l'arrachant à ses réflexions. Qui osait ?

— Mais vous êtes qui, vous en fait ?

Costume noir se tenait à ses côtés, dans une proximité douteuse. Allais s'avisa que la veste était taillée sur mesure (cela se perdait de nos jours) et pourtant nul signe d'ostentation (boutons de manchettes, montre de marque) ne semblait dénoter le goût du luxe chez son interlocuteur. Celui-ci était d'un âge indéfinissable : fraîchement rasé et la chevelure d'un noir de jais en harmonie avec son costume, il avait les traits tirés et marqués d'une sourde fatigue. Sans doute se teignait-il les cheveux. Il exhalait une discrète et désagréable senteur, qui plutôt que du parfum semblait davantage tenir du médicament ou du produit d'hôpital.

— Bureau Spécial aux Affaires Internes.

— Jamais entendu parler de ça. C'est quoi ?

— Nous nous targuons de ne pas être sous le feu des projecteurs, Monsieur le Président. Et puisque nous semblons avoir un instant de calme, c'est justement de certaines de nos activités que je voulais brièvement vous entretenir. Suivez-moi. Hum ! Seulement vous, Monsieur le Président.

Allais consulta sa montre : il pouvait s'accorder quelques minutes avant de continuer la litanie de ses visites et rendez-vous. On congédia toute la suite pour gagner un peu d'intimité et suivre un corridor adjacent puis une coursive attenante. Allais se laissait guider sans crainte – que pouvait-il lui arriver ? Il prenait le moment comme une récréation et l'autre avait su piquer sa curiosité. Un ascenseur les mena jusqu'aux sous-sols (qu'allait-on faire là !), où ils se retrouvèrent face à une porte blindée munie d'un digicode et d'un lecteur de carte magnétique. Costume noir extirpa de sa pochette une carte immaculée et vierge de toute inscription et la passa dans le lecteur, ce qui fit s'ouvrir le battant en un léger chuintement. Derrière un couloir s'étirait sur une dizaine de mètres à la lueur scintillante des néons pour mener à une pièce à l'entrée bardée de rubans d'épais plastique translucide. Une pesante odeur de détergeant faisait frémir les narines. Un chariot en inox semblait avoir été oublié sur lequel traînaient un paquet de compresses et une seringue.

— Qu'est-ce que c'est que tout ça ? On dirait une infirmerie.

— En quelque sorte, oui. Passez donc.

Écartant du bras le rideau de plastique, Costume noir l'invita à entrer. Derrière le rideau la pièce était scindée en deux. Une paroi de verre les séparait de l'autre côté, où un homme en pyjama était étendu sur un fauteuil paramédical. C'était tout autour un bric-à-brac de câbles et d'engins sophistiqués dont il ne savait pas le nom, électrocardiogrammes, encéphalogrammes, écrans noirs parcourus de courbes vertes et parsemés de chiffres. Un drap blanc le recouvrait partiellement et laissait échapper une main aux doigts maigres et crochus. Sa tête était ceinte d'un épais bandage, et il y avait quelque chose d'indéfinissable dans le teint blafard et le regard de ses yeux caves et perdus qui mit Allais mal à l'aise.

— Qui est-ce ?

— Je vous présente Edmond, Monsieur le Président

— C'est là que je dis bonjour Edmond je présume ? Que fait-il ici ?

— C'est une longue histoire, Monsieur le Président.

Pour la première fois, Allais se concentra sur son interlocuteur avec un mélange d'intérêt et de crainte. Sa carrière en politique l'avait habitué aux méandres et coups fourrés or il se sentait pour la première fois plongé dans un inconnu auquel il n'était pas préparé. Était-ce donc cela, être président de la plus grande des nations ?

— Il y a une cinquantaine d'années, le contexte géopolitique était alors bien plus troublé qu'aujourd'hui. Il en résulta, que nos bureaux et avec l'aval de votre prédécesseur de l'époque, cherchèrent toute possibilité de nous démarquer de nos rivaux.

Allais se gratta la tête sans comprendre. Il considéra l'homme de l'autre côté de la vitre et celui-ci leva péniblement les yeux vers lui. Non, décidément, quelque chose ne tournait pas rond.

— Il y a eu l'idée de développer des soucoupes volantes. Celle de contrôler l'esprit des gens via d'infimes substances introduites dans leur soda de supermarché…

— C'est bon, c'est bon, … Donc ?

— Edmond est le nom d'un brillant jeune homme décédé il y a un demi-siècle à l'âge de vingt-deux ans. Vingt-deux ans, vous savez ce que c'est Monsieur le Président ?

Allais grinça. Il détestait les devinettes. Son statut devait lui conférer l'omniscience. Il commençait à trouver le temps long, et on devait s'étonner de son absence prolongée à l'étage.

— Non, mais vous allez me le dire, n'est-ce pas ?

— Vingt-deux ans, c'est l'âge où le cerveau humain est à son apogée. Chaque jour du temps qui passe après voit les connexions neuronales, les synapses, lentement se désagréger. C'est bien pour cette raison que les grands artistes, les savants ont vu leurs plus grands accomplissements en leurs jeunes années : prenez Evariste Gallois, Alexandre Dumas…

— Attendez, je ne vous suis pas. Cela veut dire que le légume que j'ai devant moi à soixante-douze ans actuellement ? Il m'a pourtant l'air bien jeune. Et quelle trogne !

Costume noir se racla la gorge.

— C'est là que cela devient un peu compliqué, Monsieur le Président. Ce que vous avez devant vous est bien le cerveau du jeune Edmond. Ce dernier était en train de mourir et il n'y avait plus aucune chance pour lui. Son vœu était de léguer son corps à la science, et nous l'avons exaucé d'une certaine manière.

Allais reposa sur lui un regard lourd d'interrogations.

— Le cerveau encore actif a été prélevé. Nous savons le conserver à son apogée sans l'abîmer ni le dénaturer par certains traitements médicamenteux spéciaux. Il garde sa « fraîcheur » d'antan tout en découvrant et emmagasinant depuis cinquante ans toutes les informations que nous mettons à sa disposition. Il continue ainsi de se développer à sa façon…

— Ah c'est splendide ! Une espèce de cobaye humain que vous avez rendu immortel ! Une pensée sembla l'assaillir – attendez un peu… Vous avez mentionné prélever le cerveau. C'est qui lui alors ?

— C'est là que nous touchons les limites de ce que nous appelons l'éthique. Pour que le processus fonctionne il faut que le cerveau soit hébergé dans des « hôtes ». Le cerveau est donc greffé dans un corps prêt à l'accueillir. Le corps que vous voyez devant n'est donc bien sûr pas celui d'origine, mais celui d'un certain Aaron Flein (il s'arrêta pour consulter ses notes) – multirécidiviste condamné à la peine capitale pour homicide. À vrai dire le traitement médicamenteux que je mentionnais est lourd et s'il n'affecte pas le cerveau, il détériore rapidement et considérablement le reste de l'organisme. D'où certains signes et symptômes légers et que vous aurez peut-être perçus sur le corps que nous avons en face de nous.

— Bref ! Une sorte de marionnette de musée d'horreur ! À quoi nous sert cette joyeuseté ? S'il s'agit d'emmagasiner de l'information, pourquoi ne pas simplement recourir à des ordinateurs et super-calculateurs ? Les époques ont changé, bon Dieu !

— En réalité, la portée est toute autre, Monsieur le Président. Nous allions connaissances emmagasinées sur des décennies, à un esprit vigoureux et créateur. Allons plus loin, si vous le voulez bien : imaginez la richesse d'une intelligence tout à la fois fertile et vieille de deux cents ou trois cents ans. Elle nous devient conscience, sagesse, conseil et prescience. Ce que vous voyez dans ce fauteuil, c'est à la fois Einstein, Montesquieu et Nostradamus réunis dans un même corps. Surpassant de loin tous les ordinateurs et esprits de notre temps réunis.

— Vous êtes complètement fou ! Rendez-vous compte, si les gens dehors savaient ce que vous faites ici ! Qu'est-ce que nous aurions sur les bras ! Vous devriez avoir honte !

— Rassurez-vous, Monsieur le Président. Les gens ne savent pas. Et il en est de ces sujets qui peuvent choquer notre conception des choses, mais que veut la raison d'État.

De l'autre côté de la vitre, le corps semblait s'animer, vouloir dire quelque chose. La main tenta de se lever et les doigts crochus de se déplier.

— Très bien. J'ai bien compris. Gardez-moi Frankenstein bien au frais, et je ne veux surtout pas en entendre parler dans les cinq ans qui viennent.

— Il y a juste un petit problème, Monsieur le Président.

— Quoi encore ?

— C'est qu'Edmond ne semble pas vous apprécier, Monsieur le Président.

Allais dévisagea Costume noir avec stupeur, puis la seringue qui était parue dans sa main comme par enchantement. Il sentit qu'on le maintenait, et la pointe lui pénétrer le cou. On le lâcha et comme tout tourbillonnait autour de lui il n'avait déjà plus conscience de rien d'autre que du plafond au-dessus de lui illuminé de la multitude de petits points blancs qui tourbillonnaient, et de son cœur qui battait la chamade, de plus en plus vite jusqu'à se rompre.

Retour à Ascaro

Je n'étais pas revenu en mon village natal cinq longues années et tant de choses avaient changé depuis. Nous avions convenu avec mon frère Josèphe de nous y retrouver pour la Noël. Celui-ci avait établi un comptoir à Raguse, où il s'enrichissait du commerce avec les Serbes et les Bosniaques. Je revenais moi-même du sud de la France où je m'étais installé pour tenir négoce de vin. L'activité était florissante tant il est vrai que les populations s'adonnent à ce genre de plaisirs et j'avais gagné une relative opulence. Je m'étais joint pour le trajet à une caravane de marchands escortés de leurs hommes d'armes, n'osant prendre seul la route jusqu'Ascaro. Les chemins sont peu sûrs notamment par les Alpes où brigands pullulent.

Quel plaisir fut le mien, alors même que nous étions à quelques lieues de notre destination, de commencer de reconnaître tel paysage familier des alentours. Mon cœur s'étreint lorsqu'au sommet d'une butte je découvris au loin le village. Il faut imaginer l'enchevêtrement des toits et des cheminées et les filets de fumées qui sillonnent jusqu'au ciel dans la froide grisaille du matin. L'ensemble des maisons semble avoir été bâti et grandi sans ordre ni logique, comme une masse grouillante autour du monastère originellement établi en ces lieux, et dont les hauts murs et le clocher d'argent se détachent au-dessus des masures.

Quel bonheur de retrouver Lise, notre servante, qui poussa de hauts cris en me découvrant sur le seuil. Je me souvenais les bouillies d'avoine et de lait qu'elle nous faisait au déjeuner, et comment elle nous serrait à nous étouffer lorsqu'elle nous embrassait. Il me semblait qu'elle avait encore grossi et paraissait telle une ogresse croqueuse d'enfants. Mère au contraire semblait rapetisser et se tasser avec le temps. Ses cheveux grisonnants étaient désormais d'un blanc de neige, et son regard s'abîmait par intermittence dans une absence vaporeuse. Elle semblait ne jamais s'être totalement remise de la disparition de Père, qui avait gagné il y a trois ans la quiétude et le paradis des âmes simples et laborieuses. Il y a aussi tous ces amis d'antan que je retrouvai et dont beaucoup ne me reconnaissaient plus – comme le temps avait passé.

Le lendemain de mon arrivée, je gagnai le monastère et me joignis comme tant d'autres à l'office des Laudes. Là dans la pâleur naissante des premiers rayons du soleil nous louâmes le Seigneur pour le jour qui se levait. Dans la sérénité des chants et les parfums d'encens, je retrouvai les quiétudes de mon cœur d'enfant.

L'eucharistie passée, je profitais d'un moment pour présenter mes hommages à l'abbé Garda. Autant les années semblaient avoir affecté Mère, voûtant son corps et voilant son regard, autant elles semblaient avoir eu l'effet inverse sur l'homme d'Église. Il paraissait certes amaigri mais le feu de la foi qui couvait en lui semblait attisé par l'âge et les gens venaient de loin quêtant sa bénédiction et sa clairvoyance. J'avais gardé pour lui intacte l'admiration de mes jeunes années, ayant été l'un de ses plus proches disciples quand la foi le disputait à mon cœur et à ma raison, avant que je ne cède aux joies et tourments plus prosaïques d'une vie de commerce en ce bas monde. Quant à lui il m'est difficile de dire les sentiments qui l'animèrent lorsqu'il me retrouva, tant les sentiments semblent de peu d'emprise sur ces âmes que leur foi a élevées au-dessus du commun des mortels. Il me serra le poignet, plongeant son regard dans le mien et je crus son visage s'éclairer d'un faible sourire lorsqu'il me reconnut.

Josèphe ne nous rejoignit que trois semaines plus tard. Il était tombé malade en route, et nous raconta qu'en proie de fortes fièvres il avait failli trépasser. Je le serrai dans mes bras, avant de considérer sa mine fatiguée : ses traits s'étaient creusés et ses tempes découvertes d'une chevelue désormais clairsemée en de menus épis. Je ne voulais pas alors déceler dans ses yeux cette lueur qui subsistait, témoin de ses afflictions passées.

Il était venu les bras chargés de cadeaux et de marchandises toutes plus exotiques et étonnantes les unes que les autres : de riches étoffes, des parfums capiteux. Noël était déjà passé et nous fêtâmes nos retrouvailles avec le retardataire. Entre deux festins qui avaient valu à Mère et Lise de rester de longues journées à préparer et œuvrer aux fourneaux, nous déballâmes toutes ces affaires dans la grande pièce de la maison. De toute cette collection un objet m'intriguait : c'était une petite caisse munie de minces barreaux d'argent, et qu'il tint recouverte d'une étoffe, nous en cachant le contenu jusqu'au dernier moment.

Quelle fut notre surprise lorsqu'il ôta l'étoffe d'un geste théâtral tel le bateleur parachevant son tour devant l'assistance de la place publique. Dans la cage était une créature chétive à la tête triangulaire marquée de très grands yeux verts et de non moins grandes oreilles. Le poil de la tête était gris, dru et court, pour se raréfier et ne devenir qu'un mince duvet sur le reste du corps qui prenait une teinte rosâtre. Celui-ci se prolongeait d'une queue longue et très fine animée de battements convulsifs. Ses pattes étaient également menues, et la peau rabougrie ceignait les tendons et les os apparents sans laisser deviner la moindre présence de muscle ou chair. Je lui demandai quel était cet animal et fut stupéfait d'apprendre qu'il s'agissait d'un chat : pour moi n'eût été sa tête, cela aurait tout aussi bien pu être un énorme rat. Chacun y alla de son commentaire à commencer par Lise qui se crut obligée de cracher par terre.

— C'est donc un chat, cela ? Pouah ! L'on dirait l'œuvre du diable !

— C'est une espèce rare que l'on peut rencontrer en Extrême-Orient. Il répond au nom de Mérika.

— Laisse-le donc sortir ! Qu'y a-t-il de plus contre-nature que de garder un chat derrière les barreaux d'une cage ?

On ôta le loquet pour ouvrir le battant. L'animal sortit en hésitant, les narines palpitantes et la queue parcourue de soubresauts. Il considérait nos mines perspectives, Mère et moi intrigués, Josèphe amusé et Lise résolument hostile. Josèphe l'encourageait, l'appelant en une douce psalmodie. Il feula comme pour marquer qu'il ne se laisserait pas faire au moindre signe d'agressivité, et sauta d'un bon jusque sur la table. Tout à la fois rassuré par sa position d'où il pouvait surveiller les alentours et intrigué des fumets appétissants de la cuisine, il sembla s'installer là pour de bon.

*

* *

Quelques jours plus tard, il advint que la même fièvre maligne qui avait touché Josèphe lors de son voyage le frappa de nouveau. Il dut s'aliter et resta dans sa chambre de longues journées, tremblant et ruisselant d'une sueur poisseuse et malodorante tandis qu'une soif inextinguible le tourmentait. Son état semblait aller de mal en pis et nous veillions sur lui, nous relayant à son chevet. Trois jours passèrent ainsi dans ce tourment et Mère qui ne supportait plus de voir son fils ainsi martyrisé, s'était réfugiée dans la grande salle où elle s'abîmait dans de tristes prières. Lise lui portait des bols de gruau savamment concoctés et tentait de le nourrir de quignons de pain imbibés de lait. Sollicités, des médecins survinrent, mais restèrent perplexes devant le cas qu'ils ne surent expliquer que par quelque maladie infectieuse contractée en lointaine contrée et contre laquelle ils ne pouvaient rien. Le quatrième jour, il eut une crise de hoquet qui faisait tressauter son corps de la tête aux talons. Il voulut se rehausser pour mieux respirer et comme il ne pouvait bouger ses membres je l'installai tant bien que mal sur sa couche. Il geignit :

— C'est donc cela, mourir ? Qu'on en finisse.

— Ne dis donc pas de bêtise !

Mais au fond de moi-même je pensais qu'il avait raison et je m'épuisais de le voir souffrant de la sorte. J'épongeai et baignai son corps meurtri dans une bassine d'eau tiède, désireux de lui rendre honnête aspect et il sembla y trouver du réconfort et se calmer. La fièvre le reprit dans la soirée cependant et si fort que je le crus tourner de l'œil. Le regard fou, il se perdait dans des paroles incohérentes, mêlant notre langue à des dialectes qu'il avait dû apprendre lors de ses pérégrinations, citant vie insatisfaite et promesse inassouvie, et je me sentais mal à l'aise d'entendre ces propos qu'il n'aurait jamais laissé échapper en pleine conscience de lui-même. Il était si mal que nous avions appelé au monastère pour qu'un moine lui délivre l'extrême-onction. Comme j'attendais, j'étais triste et me répétais que oui, c'était donc cela la mort qui frappait et happait la vie, l'absorbant inéluctablement le funeste moment venu. J'observai malgré moi ce passage au trépas, guettant le souffle qui s'affaiblissait tandis que le cœur de Josèphe peinait de battre. Puis ce fut le silence et tout était terminé. Josèphe n'était plus.

J'aurais dû être interloqué que ce fut l'abbé Garda qui se présentât en ce moment de la nuit et c'était honneur qu'il nous faisait ou signe d'affection pour moi. J'étais sous le choc de la disparition soudaine de mon frère du monde des vivants et ne pris pas la mesure de ce signe de considération. Nous montâmes dans la chambre où Josèphe gisait et Garda murmura : « c'est donc trop tard ». Il laissa échapper un soupir. Nous nous recueillîmes et je considérai le visage de mon frère naguère déformé par la souffrance et la maladie, désormais calme et beau, délivré qu'il était des tourments de notre bas monde. La quiétude n'était troublée que des pleurs étouffés de Mère et de

Lise en bas et qui menaçaient la fragile sérénité que je gagnais aux côtés de Garda.

— Prions.

L'abbé commença de réciter les sacrements, et je répétai avec lui, me laissant pénétrer de sa présence mystique et rassurante. Il s'arrêta tout à coup, et je m'arrêtais aussi sans comprendre pour lever vers lui un regard interrogateur. Je le voyais fixer la dépouille et froncer les sourcils.

— Chut ! Il semble revenu à la vie.

Or c'était vrai. Les traits de Josèphe se contractèrent et il ouvrit une bouche béante pour avaler une goulée d'air, puis son corps fut pris d'un hoquet et je vis sa poitrine se ranimer d'une respiration saccadée avant que de retrouver un rythme régulier. Il ouvrit les yeux et me reconnaissant, chuchota mon nom du bout des lèvres. Pour l'heure il semblait sauvé, et je tombai à genoux pour louer le Seigneur.

— C'est un miracle.

Comme la nouvelle parvint jusqu'à Mère, ce furent de hauts cris qui animèrent bientôt la maisonnée. Je les enjoignis de faire silence pour ne surtout pas troubler le repos du convalescent. C'était bien peine perdue, et Mère ne pouvait se contenir tandis que Lise piaillait et roucoulait de joie. Garda m'aida à calmer tous ces émois, proférant des paroles douces et réconfortantes au point que j'en venais à douter qui du gisant sur le lit ou des dames nécessitait le plus de soin. Puis il fut temps pour lui de prendre congé. Tout hébété des récents évènements je flottais quant à moi comme dans un rêve à demi éveillé. Je l'accompagnai jusque dans la grande salle, où il s'arrêta.

— Qu'est-ce que cet animal ? Est-ce un chat ?

Mérika se tenait sur la table en une pose hiératique. Comme il semblait rester étranger au tohu-bohu ambiant il nous toisait de ses yeux défiants. J'expliquai à Garda que tel était bien le cas et qu'il était venu parmi les bagages depuis ces contrées où

Josèphe exerçait. Cela sembla l'intriguer ce qui ne fut pas sans m'étonner car je ne l'eus jamais soupçonné d'un quelconque intérêt pour la zoologie. Il me souhaita bonne nuit et précisa qu'il s'enquerrait de l'état de mon frère le lendemain tout en rassurant l'esprit troublé que j'étais qu'il fallait nous en remettre à Dieu. Je le remerciai et il disparut dans l'obscurité du dehors. Tandis que je refermais la porte, mon regard se posa par hasard sur Mérika et je fus surpris du changement de posture que ce dernier avait adopté : courbant légèrement l'échine, les oreilles grandes ouvertes et tournées vers l'avant, il retroussait les babines en entrouvrant la gueule. Ses pupilles s'étaient dilatées au point de rendre ses yeux tout noirs et par-delà la porte qui s'était refermée, il semblait suivre l'abbé qui s'en retournait à son monastère.

*

* *

Le bruit se répandit que Josèphe était revenu d'entre les morts. Je tenais moi-même cela pour un miracle, ayant vu mon frère à la frontière ténue séparant la vie du trépas. Dans le petit village puis alentour la rumeur enfla. Les mêmes docteurs qui étaient venus brillant de leur ignorance revinrent expliquer le phénomène et le trouble qui avait frappé Josèphe avec force locutions latines. Le fait est qu'en réalité personne ne savait ni ne comprenant rien.

Troublés que nous étions d'avoir retrouvé mon frère, si près de nous avoir définitivement quittés, nous étions tout occupés de rester à son chevet, prenant soin de lui et guettant la moindre résurgence possible de sa maladie. Nous ne prîmes donc pas la mesure des évènements étranges qui ne tardèrent pas de survenir progressivement et insidieusement. Je ne m'étais tout d'abord pas avisé que Mérika, le félidé qui s'était établi en nos murs, semblait avoir gagné une relative indépendance. Il n'hésitait plus à sortir et se sauver en des escapades nocturnes qui s'avérèrent de plus en plus longues. Lise seule avait repéré ce manège, mais elle était trop heureuse de voir s'absenter cette créature bizarre qui errait silencieuse et chétive dans notre demeure et lui donnait la chair de poule. Sûrement aurais-je dû être plus vigilant et mieux surveiller l'animal, tant il est vrai qu'une fois dehors, il déclencha un fort émoi parmi le voisinage. On entendait de hauts cris comme ses pérégrinations croisaient celles d'un ivrogne ou d'une vieille mère sortant les pots de chambre. Bientôt les racontars enflèrent de plus belle, et l'on dut patiemment expliquer qu'il s'agissait d'une espèce qui ne se trouvait que dans de lointains pays et que Josèphe avait ramené dans ses bagages. Là, les langues se déliaient et les commérages reprenaient de plus belle, hésitant si la maladie qui avait frappé mon frère et la miraculeuse guérison qui l'avait suivie, étaient l'œuvre de Dieu ou du démon que nous avions abrité en nos murs.

Chaque jour nous bénéficions de la visite d'un moine qui venait nous transmettre la bénédiction de l'abbé Garda et s'enquerrait des nouvelles du convalescent. Celui-ci s'était promptement rétabli, et n'eurent été ses traits qui restaient légèrement marqués et amaigris et ses pommettes rendues saillantes, difficile de deviner qu'il eût été près d'être emporté par la maladie. On nous offrait également souvent des provisions, quelques légumes ou plantes des jardins du monastère. Nous les acceptions de bon cœur quoi que n'étant pas dans le besoin, mais appréciant volontiers ces bonnes intentions. Il me sembla néanmoins trouver quelque chose d'apprêté et de faux dans les vœux et sourires forcés de celui qui nous les remettait chaque jour.

Je me rendis au monastère pour exprimer à Garda ma reconnaissance et l'entretenir de vive voix du bon rétablissement de mon frère. Je m'étonnai dans le péristyle des chuchotements et regards obliques des moines sur mon passage. Le frère portier me conduisit jusqu'au chapitre où l'abbé eut la bonté de m'accueillir. Je le trouvai plongé dans l'étude des Saintes Écritures et bien que je le dérangeasse sans doute il m'accueillit d'un sourire bienveillant. Je le remerciai pour l'affection qu'il nous avait portée dans cette épreuve difficile lorsqu'un mouvement attira mon regard dans un coin. Quelle ne fut pas ma stupeur lorsque je découvris la petite silhouette longiligne sortir de la pénombre, ses yeux grands yeux verts me toisant d'un regard inquisiteur et la queue ponctuée de sursauts interrogateurs. Je m'exclamai :

— Que fait donc notre chat ici ?

— Sans doute va-t-il, comme toute créature de Dieu. Laissez-le donc.

Je comprenais mieux les regards réprobateurs des moines qui voyaient leur quotidien studieux envahi par cet animal de sinistre apparence et réputation. Tout au contraire, Garda semblait s'amuser de la situation, et voyait qu'ainsi les réserves du monastère seraient peut-être moins la proie des souris. Il m'enjoignit de laisser Mérika à sa liberté et de ne pas prêter d'importance aux murmures et commérages.

Or peut-être l'animal avait-il exercé cette liberté jusqu'à outrepasser toute prudence. Je me réveillai un matin aux cris de Lise qui braillait comme si on l'écorchait vive. Me dépêchant, je découvris le cadavre piteux du chat sur le seuil de notre porte. On lui avait défoncé le crâne et forcé les pattes avant en une posture qui rappelait une croix obscène. Cachant la scène aux yeux de mon frère, qui quoiqu'allant mieux, n'avait pas encore retrouvé toute sa tête, je jetai la dépouille dans un sac de jute et allai me débarrasser du fardeau dans une fosse que je creusai à la hâte non loin. Comme je comblais le trou je m'interrogeais : qui avait bien pu s'acharner sur l'animal en cette expression de la plus obscure et bête superstition ? Était-ce un de nos voisins ? Ou pouvait-ce être l'un des moines, en dépit de la mansuétude affichée de l'abbé Garda ? Je ne le saurais jamais et peu m'importait. De retour en notre demeure, j'avisai Mère et Lise, les enjoignant de nous en tenir au discours que Mérika avait bonnement et simplement disparu pour ne plus reparaître.

J'ai déjà dit que je ne prenais pas alors la mesure des évènements qui se déroulaient progressivement, tant il est difficile plongé dans le quotidien des choses de faire la différence entre ce qui sort juste de l'ordinaire et ce qui devient extraordinaire. Or ce qui survint après nous révéla à quel point nous avions passé la frontière de l'étrange et de l'irraisonné. La rumeur enfla deux jours plus tard et secoua le village comme un ouragan : la chapelle du monastère avait été profanée et son sol maculé de matières que je n'ose nommer. Qui avait pu oser commettre tel méfait ? L'horreur saisit la population, et dans l'atmosphère lourde et pesante, je commençais de préparer mes bagages pour me hâter de rejoindre le sud de la France et mon commerce. Ce faisant, j'encourageais Mère, Lise et Josèphe à se joindre à moi et quitter cet endroit. Cependant Mère ne voulait pas quitter Ascaro qui l'avait vue naître et où elle avait passé toute sa vie et nous perdîmes notre temps en de vaines discussions.

*

* *

Quelques semaines passèrent, lorsque trois personnages parvinrent au village. Il s'agissait d'un prélat, d'un moine et d'un homme d'armes à la sinistre figure. Tous trois s'installèrent au monastère où ils semblèrent tenir long conciliabule avec l'abbé Garda. Je compris qu'un certain fil des évènements qui avaient dernièrement frappé Ascaro avait dû être rapporté à l'évêché puis à Rome, et qu'une enquête était diligentée pour tenter de percer la funeste atmosphère qui enveloppait désormais les environs.

J'étais allé apurer mes comptes à l'estaminet de notre rue en prévision de mon départ. Là, je tombai nez à nez avec le spadassin qui semblait plongé dans la contemplation des tréfonds de son pichet de vin. Il m'adressa la parole, m'enjoignant de se joindre à lui ce que je fis par pure courtoisie. N'écoutant que d'une oreille son boniment aviné, je pus dès lors le considérer à loisir. Il avait les traits épais et les yeux enfoncés et abrutis par l'alcool et ne se doutait pas que je le détaillais ou faisait mine de ne pas s'en apercevoir. Mon regard se posa sur la lourde épée qu'il tenait ceinte au côté. De ses grosses mains calleuses il en effleurait le pommeau comme par réflexe et de temps à autre telle la houle qui flue et reflue avant qu'ouragan tout à coup se déchaîne. Je remarquai les insignes de l'échelle et du gibet cousus sur sa manche et frissonnai lorsque je réalisai que non content d'être portefaix, l'homme était également bourreau à ses heures et probablement maître des basses œuvres de l'Église. Son visage s'éclaira à mon attention, s'ouvrant en ce qui devait être un sourire et pour dévoiler une affreuse dentition.

— Ambro – tel est mon nom — le débauché suit Vittorio son saint maître. N'est-il pas drôle que le premier serviteur du prélat soit ribaud et ivrogne de surcroît ?

Je restai quant à moi prudent dans mes réponses et propos, devisant néanmoins malgré moi que les contraires s'assemblent comme la nuit vient avec le jour. Il renifla.

— Vous êtes le plus jeune des deux frères, n'est-ce pas ?

Cette mention mit tous mes sens en éveil, et je me demandais tout aviné que fût ce triste sire quel était son degré de conscience de notre conversation. Que savait-il de Josèphe et de moi ? J'acquiesçai, tout en demandant la raison de cet intérêt. Il maugréa, en semblant désigner d'un signe du menton le monastère, avant que de se resservir à boire. Il ne daigna dès lors plus m'adresser la parole préférant se plonger dans le moiré reflet de la vinasse.

*
* *

Je n'avais pas voulu entretenir les miens de cette rencontre, soucieux de ne pas les inquiéter. Or le lendemain midi tandis que nous terminions notre repas, on frappa à la porte. Lise alla ouvrir et son teint devint de cire lorsqu'elle découvrit le géant patibulaire que je connaissais de la veille du nom d'Ambro. À ses côtés se tenait le moine qui était arrivé au village en escorte du prélat. Autant les traits d'Ambro étaient lourds et empâtés, ou peut-être encore empesantis de l'alcool de l'estaminet, autant l'autre avait les traits maigres et tirés. Il avait pris le même teint jaunâtre que les parchemins ou livres sur lesquels il devait plisser les yeux lors de ses longues veillées d'étude. Ce fut lui qui parla, nous annonçant que la présence de Josèphe était requise au monastère pour l'interroger dans l'enquête sur la profanation de la chapelle. Ce qu'entendant et même si nous n'avions rien à nous reprocher, Mère se mit à geindre, se tordant les mains, bientôt rejointe de Lise en son concert. J'exigeai d'accompagner mon frère à cette entrevue or cela me fut refusé. Josèphe quant à lui semblait plongé dans un ailleurs et ne s'inquiétait de rien. Il suivit docilement les deux qui lui ouvraient la voie et je les vis remonter l'artère jusqu'au monastère. Comme ils marchaient, les gens s'écartaient sur leur passage et lançaient des coups d'œil à la dérobée.

Des heures s'écoulèrent. Ne supportant plus l'attente, je gagnai le monastère où je sollicitai une entrevue avec Garda et des éclaircissements quant à ce qu'il était demandé ou reproché à mon frère. On me fit comprendre que le prélat Vittorio, Garda et Josèphe étaient engagés dans la plus vive discussion et qu'il était inconcevable de les en tirer. Je ne pouvais comprendre que simple rumeur ou malentendu pût déboucher sur un échange sérieux. Je priais au fond de moi que Josèphe ne cédât pas à quelque imprudence dans cette entrevue, tant la frontière peut être ténue pour le commun des gens entre vulgaire badinage et ce qui peut devenir le jugement d'une conscience.

Je me faisais donc un sang d'encre et quittant les lieux je n'osai revenir chez moi pour ne pas devoir affronter le regard larmoyant de Mère. J'errai par les rues, allant droit devant moi pour arriver jusqu'aux limites du village, puis revenir sur mes pas et guettant le temps qui s'écoulait. Une légère bruine commença de tomber, couvrant les alentours de son gris et froid manteau. Chaque fois que je me retrouvais aux alentours du monastère, je m'attendais à tomber sur mon frère qui ne manquerait pas d'être libéré. Que lui reprochait-on, à la fin ? Las ! Les heures passaient et l'obscurité gagnait les faubourgs. Ici et là les fanions et lanternes s'allumaient et guidaient mon chemin. Je gagnai de nouveau le monastère, dont j'avais vu la façade illuminée à tant d'occasions par le passé or pour la première fois les lumières vacillantes dans l'air frais de la nuit me semblèrent briller d'un étrange et sinistre éclat.

J'arrivais au portique lorsque je fus frappé du tohu-bohu qui semblait régner à l'intérieur et de la plus extrême étrangeté. Comme je frappais nul ne vint répondre et je pris le parti de pousser le lourd vantail et m'aventurer dans le cloître. Je savais procédant ainsi braver un interdit, mais j'étais bien décidé de voir et retrouver Josèphe, et le vacarme qui retentissait n'était pas sans m'intriguer. Je vis des silhouettes encapuchonnées courir parmi les colonnades. Certains gagnaient leurs cellules, d'autres se réfugiaient dans le chapitre. L'un enfin me heurta presque : voyant le portique ouvert il s'apprêtait à se ruer et s'enfuir au-dehors. Je l'agrippai avant qu'il ne se sauvât pour lui demander :

— Que se passe-t-il donc ?

— Un meurtre !

— Mon frère ! Où est-il ?

— Dans les caves. C'est là qu'ils sont allés. Ils se disaient qu'en bas, on ne l'entendrait pas crier.

Mon sang ne fit qu'un tour et je bondis, gagnant les escaliers qui menaient jusqu'en bas. Or si quelques lumières étaient disséminées dans la cour, elles étaient plus rares en dessous et les caves largement plongées dans l'obscurité. Autant j'étais familier de l'agencement des lieux de plain-pied, autant les sous-sols m'étaient inconnus. Quoique désireux de retrouver Josèphe au plus vite, je m'aventurais prudemment et à tâtons dans le couloir en contrebas. Un hurlement retentit et je me figeai sur place. Il y avait dans ce cri autre chose que de la douleur, l'expression de la crainte et de la peur. Est-il plus redoutable moment que celui où le tourment physique perd toute importance tandis que l'âme se noie dans les tourments glacés d'une terreur innommable ? J'avançai lentement tout en suivant d'une main le mur suintant d'humidité. Une porte s'ouvrait un peu plus loin et je pénétrai dans une pièce qui s'enfonçait toute en longueur. Deux soupiraux laissaient filtrer un mince rayon de lune qui tombait jusqu'à terre en une fragile cascade diaphane.

Je butai du pied et faillis tomber. Sur le sol était un corps partiellement dénudé, et le palpant et l'auscultant, mon cœur se brisa lorsque je le reconnus pour celui de Josèphe. Les mèches de ses cheveux lui collaient au front rendu poisseux d'une sueur mêlée de minces filets de sang. Je devinai de nombreuses et infimes plaies par tout son corps. Prenant son pouls, je trouvai qu'il ne battait plus. Qu'était-il advenu, et comment avait-on osé porter la main de la sorte sur le plus doux des hommes ? Quel esprit suffisamment malade pouvait faire preuve d'une telle barbarie ? Horrifié et titubant sous le poids de la douleur, je dus m'adosser au mur pour reprendre mon souffle. À la lueur blafarde de la lune, je considérai en tremblant mes mains couvertes du sang de mon frère.

Un nouveau hurlement me sortit de cette prostration morbide. Je perçus un piétinement dans le couloir dont je venais, tout comme si quelqu'un détalait. Je revins lentement sur mes pas, tâchant de gagner l'endroit d'où provenait ce dernier cri. Une autre pièce s'ouvrait non loin derrière une porte branlante. Ce que je découvris m'ôta toute compréhension raisonnée de ces instants et me plongea dans l'horreur. Une silhouette lourde et tordue gisait au sol et respirait péniblement. M'accroupissant à ses côtés, j'entrevis le triste spectacle qui s'offrait à moi avant que de détourner la tête en réprimant un haut-le-cœur. Par sa carrure et son accoutrement j'avais reconnu Ambro, or son visage était méconnaissable des outrages qu'il avait reçus : on lui avait crevé les yeux et arraché des lambeaux de chair qui pendaient en une masse informe et sanguinolente. Ses narines palpitaient encore d'un dernier souffle prêt à se perdre dans le néant. Qui avait pu maîtriser le solide portefaix et lui infliger pareil traitement, et pourquoi ? Devant cet affreux spectacle j'eusse pu prendre mes jambes à mon cou. Je me serais chargé de la dépouille de Josèphe pour quitter ces lieux qui semblaient devenus l'antre des plus viles folies. Or j'étais malgré moi proie d'une trouble fascination et me sentais attiré inexorablement plus loin dans cet abîme, prêt à y laisser ma raison.

Dans le couloir je me cognai presque à un moine qui le froc relevé courait comme un dément. En dépit de ses traits que la terreur déformait, je le reconnus comme l'accompagnateur de Vittorio. Il avait le regard fou et une bave rosâtre aux lèvres. Il me dévisagea éberlué puis hoqueta de rire avant que de cracher du sang.

— Ce n'est pas nous qui avons mis ton frère tel que tu l'as vu. C'est l'autre, lui qui nous a pareillement mis.

Il me saisit le bras et d'une main osseuse et froide le serra comme une tenaille jusqu'à m'en faire mal. Je fus frappé de l'odeur poisseuse qui l'enveloppait, mêlant remugles acides d'urine et d'une acre transpiration. C'était l'odeur de la peur infamante qui le dévorait lorsque son esprit semblait vaciller et qu'il ne maîtrisait plus ses gestes ni ses propos.

— Ton frère inconscient n'avait fait qu'amener le démon parmi nous, or l'autre a fait un pacte avec lui.

— L'autre ? Quel autre ? Quel démon ?

— L'abbé, pardi !

Je n'en croyais pas un mot et pensai que c'était là divagations d'un pauvre hère que toute humanité avait quitté pour l'abandonner à un malsain délire.

— Et votre prélat ? Vittorio ? Où est-il ?

— Dieu soit loué, il a réussi à se sauver. Du moins je crois…

Il s'arrêta, comme pour écouter alentour.

— Tu entends ? Il est toujours dans les environs.

Il tomba à genoux, pantelant et se signant convulsivement. À mon tour, je tendis l'oreille.

*

* *

Vittorio avait fait route au commandement d'une compagnie de cent hommes d'armes dévoués et expérimentés. Depuis cette nuit catastrophique où il s'était enfui d'Ascaro, son esprit tourmenté ne lui laissait plus de répit. Il avait immédiatement gagné Rome pour exposer la situation, comment l'indicible cauchemar avait pris corps, et la nécessité absolue de couper le mal à la racine avant que gangrène ne se développe. Le Saint-Père l'avait dès lors missionné pour endiguer le fléau et il était reparti adjoint des troupes sanctifiées de l'Opus Dei.

Dans le village, l'obscurité résonnait de cris aux consonances étranges et Vittorio frissonna car la chrétienté semblait s'être évanouie des lieux pour laisser place à cette altérité. En silence, ils barrèrent tous les accès puis allumèrent des brasiers. Depuis l'entrée la plus au sud, ils pénétrèrent les lieux, égorgeant et tuant méthodiquement tout ce qu'ils trouvaient sur leur passage, hommes, femmes, enfants comme bétail. Les premières lueurs de l'aube parurent, nimbant les ruines fumantes de teintes fantomatiques et les spadassins repassèrent, traquant parmi les décombres les moindres survivants. Observant la scène du loin d'un promontoire, Vittorio guettait le moindre détail. Comme enfin tout sembla terminé, il leva les yeux vers le ciel pâle et se signa. Il eût pu se montrer soulagé d'avoir mené son devoir jusqu'au bout, or tel n'était pas le cas. Il ne pouvait oublier ce moment lors de cette funeste nuit où il avait plongé ses yeux dans ceux de l'Étrange, et l'angoisse désormais rongerait son cœur à jamais.

Imprimé en France
ISBN 979-10-284-1797-0
Dépôt légal : 1er trimestre 2022